Willkommen im Luhg Holiday

Christine Erdiç

Bibliografische Information der Deutschen Nationalbibliothek:
Die Deutsche Nationalbibliothek verzeichnet diese Publikation in
der Deutschen Nationalbibliografie; detaillierte bibliografische
Daten sind im Internet über http://dnb.dnb.de abrufbar.

© 2016 Christine Erdiç
Alle Rechte vorbehalten!
Kein Teil dieses Werkes darf ohne schriftliche Genehmigung in
irgendeiner Form reproduziert oder vervielfältigt werden.

Satz: Christine Erdiç
Covergestaltung und Coverfoto: ©Rianne Bartmann
Homepage der Autorin: www.christineerdic.jimdo.com

Herstellung und Verlag: BoD – Books on Demand, Norderstedt.

ISBN: 9783743152625

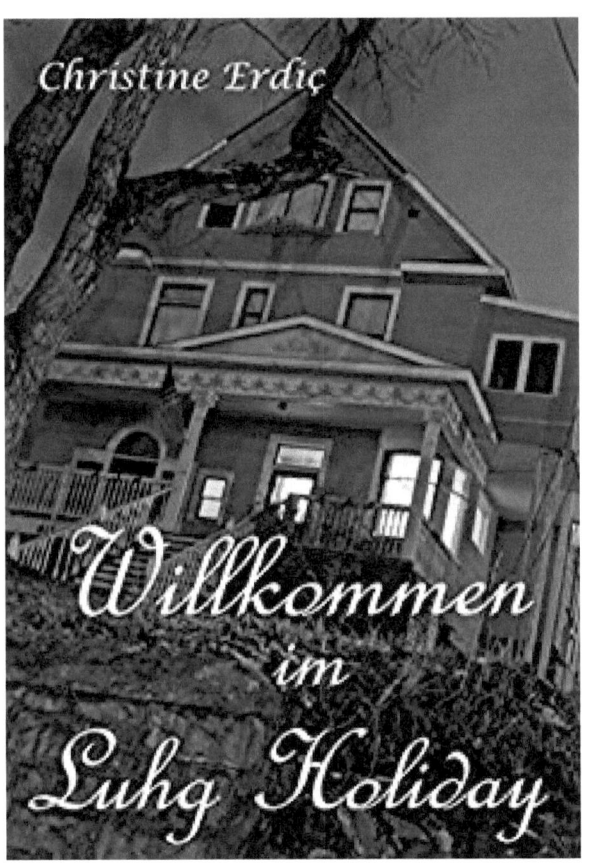

Willkommen im Luhg Holiday

Das Luhg Holiday lag einsam am Waldrand, und es war das einzige Hotel weit und breit. Wäre das morsche Holzschild mit den Lettern *Luhg Holiday* nicht gewesen, hätten wir es wohl gar nicht entdeckt. Und vielleicht wäre das besser gewesen.
Da es bereits dämmerte und ein Schneesturm angesagt war, entschlossen wir uns jedoch, dort einzukehren und nach zwei Doppelbettzimmern zu fragen. Also parkten wir direkt vor dem recht verkommen aussehenden Haus und stiegen zögernd aus dem Wagen. Alle bis auf einen. Mein kleiner Bruder Jan grinste und hüpfte vorwitzig auf einem Bein die alte Holztreppe hoch, auf die verschlossene Eingangstür zu.
„Sieht nach Abenteuer aus", stellte er zufrieden fest.
Nachdenklich folgte ich ihm und betrachtete mit eher gemischten Gefühlen den alten Türklopfer aus Messing, der wie eine Teufelsfratze aussah. Irgendetwas in mir schien mich zu warnen. Meine Eltern waren da weniger skeptisch und schoben mich energisch vorwärts, zumal sich gerade ein starker Wind aufmachte. Jan betätigte wie wild den Türklopfer.
„Es scheint niemand da zu sein. Da brennt ja auch gar kein Licht", murmelte er enttäuscht.
Tatsächlich rührte sich nichts im Haus.
„Wahrscheinlich wird das Hotel nur im Sommer genutzt. Wer außer uns ist auch so verrückt, bei solch einem Wetter durch diese Einöde zu fahren?", murrte Angela, die als Letzte ausgestiegen war. Sie war mit ihren vierzehn Jahren das älteste von uns drei Kindern, dann folgte ich, gerade mal elf Jahre jung und schließlich unser neunjähriges Nesthäkchen Jan.
Angela war die Vernünftige und in meinen Augen auch die Langweilige. Eben wollten wir schon umdrehen und uns zurück auf den kurzen Weg zum Auto machen, da tat sich plötzlich doch noch was. Knarrend öffnete sich die Tür, und ein kleines verhutzeltes Männchen stand da mit einer Laterne in der Hand. Ja, es war wirklich eine Laterne mit einem Kerzenstummel da-

rin. Entgeistert schaute ich auf ihn hinab, er war nicht viel größer als Jan und stand in schlechter Haltung leicht vornübergebeugt.

„Der Glöckner", wisperte Jan kichernd hinter vorgehaltener Hand.

Das Männchen hatte einen blau-weiß gestreiften Pyjama an und trug dazu eine passende Zipfelschlafmütze, unter der ein zerknittertes Gesicht mit überdimensional großen Lauschlöffeln hervorlugte.

„Was wollt ihr?", fragte es unfreundlich mit leicht krächzender Stimme.

„Wir suchen eine Unterkunft für die Nacht", erwiderte Papa, nachdem er sich von seinem ersten Schrecken erholt hatte.

„Natürlich wollen wir keine Unannehmlichkeiten bereiten …"

„Unannehmlichkeiten, papperlapapp", unterbrach ihn das Männlein verärgert.

„Erst wird man mitten in der Nacht aus dem Bett geholt, und dann heißt es: keine Unannehmlichkeiten bereiten. Pah!"

„Es tut uns sehr leid", setzte Papa erneut an, doch der Zwerg unterbrach ihn abermals.

„Der Besitzer des Hotels ist nicht da, ich bin nur der Verwalter hier. Aber ich kann euch ein Zimmer geben für die Nacht." Er fuchtelte wild mit seiner Laterne, als Jan an ihm vorbeistürmte.

„Langsam, junger Mann." Ich hatte Angst, dass die Kerze jeden Moment ausging und wir den Weg im Dunkeln fortsetzen müssten. Stattdessen betraten wir einen kleinen Raum, der wohl eine Art Empfangshalle darstellen sollte. Auch hier gab es nur altmodische Leuchter mit Kerzen an den Wänden, die alles in ein spärliches und gespenstisches Licht tauchten. Außerdem roch es seltsam, irgendwie muffig oder sogar gammlig. Ich rümpfte angewidert die Nase.

„Immer diese Stromausfälle, nicht wahr", meinte Papa mitfühlend. Mama warf mir einen bedeutungsvollen Blick zu. Uns beiden war klar, dass es hier überhaupt keinen Strom gab. Manchmal war Papa einfach nicht von dieser Welt, wie Künstler eben

so sind. Übrigens sehr zum Leidwesen Mamas, die mit beiden Beinen fest im Leben stand, wie sie zumindest behauptete. Sie war der Anker und die Sicherheit in Papas unstetem und verwirrtem Leben, in das er oftmals nur schwer aus seinen Fantasiewelten zurückkehrte, wenn er gerade an einem neuen Roman schrieb.
So bemerkte sie auch als erste, dass Jan abgetaucht war. Wo steckte der Bengel?
„Jan!", laut und energisch schallte ihre Stimme durch die kleine Halle.
Das Männchen legte beschwörend seine Finger an die Lippen und zischte: „Leise, ihr solltet sie nicht schon jetzt erwecken."
Erwecken, wen denn? Das mulmige Gefühl in meiner Magengegend nahm zu. Etwas stimmte hier ganz und gar nicht. Doch ich kam nicht zum Überlegen. Der Zwerg nahm zwei Schlüssel vom Wandbord, winkte uns, und dann folgten wir ihm die knarrenden Holzstufen hoch auf einen noch schwächer beleuchteten Flur, von dem mehrere Türen ausgingen. Hier fanden wir auch Jan, der eifrig damit beschäftigt war, sich verschiedene Portraits anzusehen, die an der Wand neben den alten Holztüren hingen. Mama zog ihn zur Strafe kräftig am Ohr, während Angela mir zuflüsterte, wie unheimlich die Männer und Frauen auf den Bildern doch aussahen.
„Vor allem der hier", wisperte ich zurück und wies auf einen Mann mit schulterlangem schwarzen Haar, Hakennase und stechendem Blick. Angela schüttelte sich, und der Verwalter schloss die erste Tür auf. Er ging voran und zündete die Kerze auf dem Nachttisch an. Außerdem gab es noch ein riesiges Bett mit einem schweren weinroten Samtvorhang, passend zu den Gardinen, einen großen alten Schrank aus dunklem Holz und zwei Stühle. Das war alles. Aber mehr brauchten wir ja eigentlich auch nicht für die eine Nacht.
„Angela und Sabrina, ihr könnt euch hier einrichten, und wir nehmen mit Jan das andere Zimmer." Ich wäre lieber mit Jan zusammen in einem Zimmer gewesen, aber das würden sie nie

zulassen. Nicht nur weil ich ein Mädchen war, sondern eher weil wir die ganze Nacht Unfug getrieben hätten, statt zu schlafen. Mit Jan hätte ich das ganze Haus inspizieren können, sobald das Männlein sich zurückgezogen hatte. Mit Angela ging so etwas nicht. Meine Schwester war artig, nicht so wie ich, die wilder war als eine ganze Horde von Jungen, wie Mama gern behauptete. Tatsächlich hatte ich schon so manches auf dem Kerbholz und einen guten Nachfolger in meinem Bruder, der jeden Mist mitmachte. So hatte ich eine Zwille und Pfeil und Bogen gebastelt, saß mit Vorliebe in den Bäumen, spielte leidenschaftlich Fußball und Murmeln und verschmähte Puppen jeder Art. Mit diesen steifen Kunststoffwesen hatte ich noch nie etwas anfangen können, außer ihnen Bärte aufzumalen.
Inzwischen hatte Papa uns unsere Handkoffer mit dem Nötigsten gebracht. Viel mehr hatten wir auch nicht dabei, da wir eigentlich nur wie jedes Jahr Tante Minna über Weihnachten einen Kurzbesuch abstatten wollten, weil die doch immer so allein war über die Festtage. Wie langweilig! Stattdessen saßen wir nun hier im Luhg Holiday ohne Stromanschluss, Telefon und Internetverbindung fest. Ich machte mich also auf eine öde Nacht gefasst, zumal Jan mit den Eltern in dem Zimmer gegenüber verschwunden war, das genauso eingerichtet war wie unseres, nur dass die Gardinen und der Vorhang über dem Bett dunkelgrün statt weinrot waren.

Die Nacht schlich dahin. Ich konnte anhand der alten Standuhr auf dem Flur erkennen, wie spät es war. Ding-Ding-Ding und dann zweimal Dong. Viertel vor zwei. Unruhig warf ich mich herum und stieß Angela versehentlich dabei meinen Ellenbogen in die Seite.
„Gib endlich Ruh", brummte sie verschlafen. Ich wartete. Nach einer mir endlos erscheinenden Weile ertönten gleichmäßige leise Schnarchgeräusche aus dem Bett neben mir. Vorsichtig richtete ich mich auf. Das alte Gestell knarrte protestierend, und ich hielt einen Moment die Luft an, bevor ich die Beine aus-

streckte und mit den Füßen vorsichtig nach meinen Hausschuhen angelte. Dann erhob ich mich und tastete mich langsam in die Richtung, in der ich die Tür vermutete. Die Dunkelheit im Raum machte es mir nicht einfach, doch endlich stieß ich mit dem Arm an den Türknauf. Ganz langsam drückte ich ihn herunter.
Auf dem Flur war es düster und kalt. Ich fröstelte in meinem dünnen Schlafanzug. Daheim hatten wir Zentralheizung, da erübrigten sich dicke Klamotten. Durch das Fenster am Ende des langen Korridors schien fahl der Mond, so konnte ich zumindest sehen, wo ich mich befand.
‚Unheimlich', dachte ich. Der Mond war fast voll und unwillkürlich musste ich an die Werwolfgeschichten denken, die ich so gern las. Schaudernd schlich ich weiter. Ich fühlte etwas, und meine Nackenhaare stellten sich auf. Es war aber schon zu spät. Eine Hand legte sich auf meine Schulter und eine Stimme flüsterte: „Keinen Schritt weiter." Ich versuchte, einen Aufschrei zu unterdrücken und fuhr herum.
„Pssssst, sei doch leise. Oder willst du uns verraten?", raunte Jan und grinste mich verschwörerisch an. Erleichtert und zugleich auch sauer gab ich ihm einen kräftigen Stoß in die Seite, und somit wurde er mein zweites Ellenbogenopfer in dieser Nacht.
„Du kannst einen aber auch zu Tode erschrecken. Lass uns mal schauen, was hinter diesen Türen ist", sagte ich leise und öffnete die erste. Enttäuscht sahen wir in den dunklen Raum dahinter. Was hatten wir denn erwartet? Selbst wenn es Strom gegeben hätte, wäre es viel zu gefährlich gewesen, das Licht anzuknipsen.
In der Ecke schien sich was zu bewegen. Auch das noch. Wenn das nun das Schlafzimmer des Verwalters war. Nicht auszudenken, wenn der wach wurde und uns hier entdeckte. Vorsichtig schloss ich die Tür wieder und zog Jan hinter mir her.
„Wir hätten doch ruhig mal ..."
„Nein", unterbrach ich ihn bestimmt.

„Dann müssen wir es eben bei Tageslicht versuchen", wisperte Jan und ich nickte entschlossen. Auf jeden Fall würden wir das tun.
„Komm mit, ich zeig dir was", flüsterte mein Bruder und zog mich in die andere Richtung. Von irgendwoher kam ein schwacher Lichtschein und ich erkannte, dass wir nun nahe der Treppe waren, die von der Eingangshalle hier hinaufführte.
Beschwörend legte er die Finger an seine Lippen und bedeutete mir, mich zu ducken.
Atemlos sah ich hinunter. Da saßen sie am Tisch vereint um eine Kerze herum. Kleine magere Gestalten in Pyjamas, einige mit Zipfelmützen auf dem strubbeligen Kopf. 1,2,3,4,5,6,7,8,9 zählte ich in Gedanken. Vier von ihnen waren etwas größer und fünf recht klein. Es musste sich um eine Familie mit Kindern handeln, sinnierte ich. Jeder hatte ein Schüsselchen vor sich stehen und griff mit den Händen hinein, bevor er sie schmatzend zum Mund führte. Der eigenartige muffige Geruch mischte sich mit dem Gestank verdorbenen Essens.
„Lass uns von hier verduften", flüsterte ich und unterdrückte einen aufkommenden Brechreiz.
„Oooooooooooch", machte Jan enttäuscht, folgte mir dann aber doch den langen Flur entlang zurück. Das Mondlicht fiel auf das Portrait des düsteren Mannes mit dem dunklen Haar und der Hakennase. Er wirkte auf einmal sehr lebendig, und schnell zog ich Jan weiter. Gleich hatten wir es geschafft, unbemerkt zurück in unsere Zimmer zu gelangen. Plötzlich überstürzten sich die Ereignisse. Die alte Standuhr schlug drei Uhr, und ich fuhr entsetzt zusammen. Gleichzeitig lief etwas Weiches über meinen Fuß und fiepte laut. Das war zu viel. Ich stieß unwillkürlich einen Schrei aus. Von unten aus der Halle erklang Stühleschurren, und Stimmen wurden laut. Und zu allem Überfluss ging nun auch noch eine Tür auf.
Im Mondlicht erkannte ich Mama, die ihren Kopf aus dem Türrahmen streckte.
„Was in aller Welt macht ihr hier?", zischte sie wütend.

Schritte kamen langsam schlurfend die Treppe hinauf. Mit einem Ruck zog Mama uns in ihr Schlafzimmer und schloss geräuschlos die schwere Tür.
Warnend legte sie Jan die Hand auf den Mund. Der versuchte, sich aus ihrem Griff zu befreien. Ich spitzte die Ohren. Schleppende Geräusche kamen näher und verstummten vor unserer Tür. Mama war zur Salzsäule erstarrt, und auch ich hielt den Atem an. Sogar Jan verhielt sich nun mucksmäuschenstill. Die Schritte entfernten sich, ich merkte es daran, dass sie immer leiser wurden. Zögernd griff ich nach dem Türknauf.
„Nichts da, mein Fräulein, heute Nacht wirst du hier schlafen. Nur zur Sicherheit", sagte Mama mit unterdrückter Stimme.
Juchhu! Mit einem Satz landete ich erleichtert auf dem breiten Doppelbett und konnte gerade noch einen Freudenschrei unterdrücken. Papa schlief friedlich auf dem Rücken und hatte von all dem nichts mitbekommen, was mich aber nicht weiter verwunderte. So kam es, dass wir die Nacht zu viert in dem einen Raum verbrachten und Angela allein in dem anderen.
Am nächsten Morgen wurden wir in aller Frühe aus dem Schlaf geholt, weil die Zimmertür mit einem Ruck aufgerissen wurde.
„Mama, Sabrina ist weg!" Vor dem Bett stand meine verheulte Schwester.
„Ich bin hier", murmelte ich verschlafen. Angelas Augen wurden riesengroß, und sie starrte mich mit offenem Mund an.
Mama setzte sich auf und sagte trocken: „Die Zwei haben sich selbstständig gemacht heute Nacht, da hielt ich es für besser, sie beide im Auge zu behalten."
Papa grunzte laut auf. Es war nicht ganz klar, ob er noch schlief oder schon wach war. Die Augen waren geschlossen, aber allzu viel hatte das bei ihm nicht zu sagen. Jan war nun auch munter und rieb sich die Augen.
„Da waren so komische Zwerge gestern, sie …"
„Das hast du sicher nur geträumt, Jan. Kein Wunder, wenn man die halbe Nacht herumgeistert", unterbrach ihn Mama scharf und sah ihn warnend an.

„Das war kein Traum!", trotzte mein Bruder. „Frag doch Sabrina!"
Ich nickte heftig mit dem Kopf.
„Sie waren da, und gestunken hat es auch mächtig."
„Schluss jetzt damit", sagte Mama streng.
„Seht zu, dass ihr euch fertig macht, und dann gehen wir frühstücken."
Dieser bestimmte Ton ließ keine Widerrede zu, so genau kannte ich meine Mutter inzwischen schon. Mit einem letzten Blick auf meinen Vater, der noch immer seine Augen krampfhaft geschlossen hielt, schob ich Angela Richtung Tür. Auf dem Flur sah ich vorsichtig in beide Richtungen, aber es war nichts Verdächtiges zu hören oder zu sehen.
Meine Schwester zog sich stillschweigend an. Ein Badezimmer schien es nicht zu geben, aber bei der Kälte war mir eh nicht nach Duschen zumute.
„Bist du sauer?", fragte ich vorsichtig.
Angela zuckte die Schultern und brummelte: „Einem so einen Schrecken einzujagen. Es hätte ja was passiert sein können ..."
Da ich nicht vorhatte, ihr mein Geheimnis preis zu geben, griff auch ich blitzschnell nach meinen Klamotten. Vor der Tür trafen wir auf Mama, wie konnte es auch anders sein.
„Sabrina, du hast deinen Pulli verkehrt rum an", tadelte sie.
Ich kicherte. „Das bringt Glück!"
Jan zwinkerte mir zu, und Papa erschien verschlafen und ungekämmt hinter ihm im Türrahmen.
„Margot, sag mal, in dieser Porzellanschale, ist das etwa Wasser zum Waschen?"
„Ja, Bertram, ich habe es dir schon eingefüllt. Aus dem Krug, der daneben steht."
„Aber es ist ja eiskalt!" Papas Zeigefinger, den er vorsichtig in das Wasser getunkt hatte, fuhr anklagend in die Höhe.
„Ach, in dem Krug ist Wasser? Ich habe mich schon gewundert, dass es kein Badezimmer gibt. Dann können wir ja wenigstens unser Gesicht noch vor dem Frühstück waschen." Wütend sah

ich meine Schwester an. Musste sie Mama auf dumme Gedanken bringen?

„Na das sind ja recht mittelalterliche Sitten. Dann rasiere ich mich heute eben nicht", sagte Papa entschieden.

„Wer weiß, wie alt das Wasser schon ist. Da schwimmen sicher Kolibakterien drin", ereiferte sich nun auch Jan.

Mama resignierte. Auf keinen Fall wollte sie sich schon vor dem Frühstück mit dem Thema Kolibakterien auseinandersetzen.

Und so marschierten wir einträchtig und ungewaschen die Treppe hinunter, in der fröhlichen Erwartung eines leckeren Frühstücks.

Unten in der Halle war alles ruhig. Ich schnupperte. Keine frischen Brötchen, kein knusprig gebratener Speck. Es roch ein wenig muffig, aber langsam gewöhnte sich mein Riechorgan daran. Der Tisch in der Ecke, an dem die kleinen Männlein gegessen hatten, war sauber abgeräumt. Enttäuscht sah ich mich um. Die schmalen Fenster ließen nur wenig Tageslicht herein, und so war es auch jetzt hier nicht viel heller als am Abend zuvor.

Jan winkte mir aufgeregt zu. Er hatte eine Tür entdeckt, die einen Spalt offen stand. Mama schaffte es nicht mehr, mich zurückzuhalten. Vorsichtig lugten wir in den dahinter liegenden Raum.

„Das muss die Küche sein", flüsterte ich aufgeregt. Es gab einen altmodischen Schrank aus dunklem Holz und einen alten Herd.

„Der ist ja von anno pippi", grinste ich.

„Muss bestimmt mit Brennholz angemacht werden", meinte Jan altklug.

Einen Kühlschrank gab es nicht. Wozu auch? Es gab ja keinen Strom, und bei der Kälte würde eh nichts verderben. Jedenfalls war hier niemand, und der Herd schien auch nie benutzt zu werden, so sauber wie der aussah.

Mama kam in die Küche und sah sich ratlos um.

„Ich habe langsam wirklich Hunger und frage mich, in was für einem Hotel wir hier eigentlich gelandet sind."

Jan sauste an uns vorbei auf die Rezeption zu. Dann erklang plötzlich ein scheußlich schriller Ton. Ich zuckte zusammen. Feixend sah er uns an, während er seine Hand nochmals auf eine altmodische Klingel drückte. Es schepperte und klirrte. Papa legte beide Hände an die Ohren und stöhnte.

Der kleine Mann mit den großen Ohren und der Nachtmütze erschien oben auf dem Flur.

„Krach machen am frühen Morgen, ääh?" Die Stimme klang überraschend laut und verärgert zu uns hinunter.

„Entschuldigen Sie bitte, dass wir stören, aber wir hätten jetzt gern unser Frühstück." Mama bemühte sich, freundlich zu sein, doch wer sie näher kannte, konnte den gefährlichen Unterton nicht überhören.

„Stören? Ja, Sie stören mich! Frühstück? Ich schau mal, was ich da habe. Wir kommen hier nicht so oft zum Einkaufen." Der verhutzelte Mann schlurfte heran, und ich war mir sicher, dass er das gestern gewesen war vor unserer Tür.

‚So ein Schwindler', dachte ich. ‚Gestern Nacht haben die doch auch alle was gegessen.'

„Der Besitzer kommt nur sehr selten hierher. Er ist einer dieser Reichen aus der Stadt, wissen Sie", erklärte der Verwalter.

Er kramte im Küchenschrank und kam mit etwas Käse und Brot zurück.

„Das Brot ist ja schon ganz schimmelig, wie eklig!", rief ich aus.

„Wirklich?" Das Männlein sah mich aus triefenden Augen an. „Ich dachte, es sei nur ein wenig grün. Aber dafür ist der Käse noch recht gut. Ein Gast hat erst vor ein paar Monden davon gekostet."

Mir fuhr ein Schauer über den Rücken, als er genießerisch an dem Stück Käse roch. Da waren sicher schon Maden drin. Es hätte mich nicht gewundert, wenn der von alleine über den Tisch spaziert wäre.

„Naja, Käse ist eh nicht so mein Ding", sagte er gleichmütig und stellte den Teller direkt vor Angela, die als einzige schon erwartungsvoll Platz genommen hatte, auf den Tisch. Meine Schwes-

ter hatte immer Hunger, aber jetzt sah sie ein wenig angeschlagen aus.
Mama räusperte sich.
„Wir würden dann gern unsere Rechnung zahlen und weiterfahren."
Mama war fest entschlossen. Papa hatte von all dem nichts mitbekommen. Er sah schon die ganze Zeit aus dem Fenster und sagte jetzt plötzlich mit verträumter Stimme:
„Sieh doch nur Margot, wir sind völlig eingeschneit. Ist das nicht wunderschön?"

In den elf Jahren, die ich meine Mutter kannte, habe ich nicht oft erlebt, dass sie die Fassung verlor. Doch jetzt war es so weit. Mit einem lauten Seufzer sank sie neben Angela auf die kleine Eckbank und stützte den Kopf in die Hände. Mit leerem Blick sah sie vor sich hin.
Papa war noch immer damit beschäftigt, bewundernd in die weiße Winterlandschaft hinauszusehen. Von unserem Auto war nur noch ein unförmiges Gebilde zu erkennen.
Jan stieß mir unsanft seinen Ellenbogen in die Rippen.
„Ey, ich hab Mordskohldampf! Was machen wir denn jetzt?"
Ich überlegte. Wir waren eingeschneit, folglich würden wir im mannshohen Schnee versinken, sobald wir einen Schritt vor die Tür machen würden. Der Verwalter sah uns fragend an.
Dann schüttelte er den Kopf, gähnte herzhaft und stieg langsam die Treppe wieder hoch. Also waren wir auf uns selbst gestellt.
Ich gab Jan einen Wink, und unbemerkt von Angela und unseren Eltern verschwanden wir ein zweites Mal in der Küche.
„Schau mal, die alte Wasserpumpe! Ob die wohl noch funktioniert?" Jan hängte sich mit seinem ganzen Gewicht daran, doch es kam nur ein Quietschen, kein Wasser.
„Lass mal, Wasser pumpen ist schwer, und verrostet scheint sie auch zu sein. Ich hab da eine bessere Idee." Schon hatte ich den Schrank geöffnet und fand darin tatsächlich reichlich Schüsseln, Teller, Töpfe und Besteck. Aufatmend nahm ich einen großen

Kochtopf und eine Suppenkelle heraus und reichte beides meinem Bruder.

„Du machst jetzt das Fenster auf und sammelst Schnee von draußen. Ich schau mal, was ich hier noch so finde, und dann erkunden wir, ob es einen zweiten Ausgang nach hinten gibt."
Das Geschirr schien nicht oft benutzt zu werden, sah aber sauber aus. Ich öffnete die nächste Tür und fand einen beachtlichen Vorrat an Tütensuppen, Knabberkram, eine Dose Nescafé, Teebeutel, Konserven mit Bohnen, Würstchen, Obst und Fleisch und mehrere Packungen Kekse.
Jetzt war Mamas Hilfe gefragt. Der Ofen musste befeuert werden. Jan hatte Mühe, das Fenster zu öffnen gegen die Schneemassen, und jetzt wo er es geschafft hatte, drang eisige Kälte in die Küche. Der Schnee im Garten reichte bis zum Fenster hoch. Emsig schaufelte er mit der Kelle kleine Schneeberge in den Topf.

„Was macht'n ihr hier?" Eine quäkige Stimme ließ mich herumfahren. Vor mir stand ein kleines Kind, wohl ein Mädchen, wie ich an dem langen schwarzen verfilzten Haar zu erkennen glaubte. Es war in einen viel zu großen buntgeblümten Schlafanzug gehüllt, der mit Hilfe eines Stricks zusammen gehalten wurde. Neugierige dunkle Augen wanderten von mir zu Jan, der nun entgeistert auf das kleine Wesen starrte. Ich schätzte es auf nicht älter als vier.
Ehe wir uns versahen, kletterte es barfuß neben Jan auf den Stuhl und strahlte ihn an. Dann nahm es ihm die Kelle aus der Hand und füllte in rasender Geschwindigkeit den Topf voll.

„Wer b ... bist du?", brachte Jan stockend hervor.

„Ich heiße Ruby", erklärte die Kleine stolz. „Und du bist Jan, und du bist Sabrina." Kichernd rannte sie hinaus.
Ich folgte ihr und sah mich in der Halle um ... doch sie blieb verschwunden.
Achselzuckend ging ich auf den Tisch zu, um Mama aus ihrer Lethargie zu holen. Vorsichtig fasste ich sie an der Schulter.

„Wir haben etwas zu essen gefunden und auch Tee. Aber wir müssen den Ofen anmachen, damit wir den Schnee dafür schmelzen können."
Meine Mutter sah mich aus rotgeränderten Augen an, dann nickte sie ergeben und stand langsam auf.
„Margot, gibt es denn heute kein Frühstück?" Das war Vater.
Mama winkte ungeduldig ab und folgte mir in die Küche.
Dort war wie von Geisterhand Brennholz neben dem Ofen aufgeschichtet. Und altes vergilbtes Zeitungspapier. Ich wusste genau, dass da vorher nichts gelegen hatte.
„Ruby", sagte ich leise. Ich sah blitzschnell zur Tür und meinte, etwas weghuschen zu sehen. Aber ich war mir nicht sicher, ob es nicht doch nur ein Schatten war.

Es war ein recht seltsames Mahl, das wir da zu uns nahmen, bestehend aus Nudelsuppe, Rindfleisch, Keksen und schwarzem Tee. Aber es schmeckte, und langsam wurde uns etwas wärmer. Ab und zu tauchte ein kleines Wesen mit strubbligem Haar auf, sah uns aus dunklen Augen eine Weile zu und verschwand dann kichernd.
„Mit Konserven und Tütensuppen können unsere Gastgeber wohl nicht viel anfangen", überlegte ich laut.
„Auf jeden Fall ist mir das lieber als Brot im Pelzmantel und Gruftikäse." Jan schmatzte vergnügt vor sich hin. Mama sah ihn tadelnd an.
„Du hast dich hier ja wohl schon gut angepasst", bemerkte sie spitz.
Papa verzog das Gesicht.
„Gibt es denn keinen Zucker für dieses Gesöff?"
Ich verneinte, Zucker hatte ich nirgends entdecken können.
Angela löffelte wortlos ihre Suppe. Sie wirkte nachdenklich.
„Na, was hat dir denn die Petersilie verhagelt?", fragte ich freundlich.
Sie druckste noch herum, doch dann sagte sie: „Ich habe nachgedacht."

Jan prustete seine Suppe über den Tisch und bekam einen Hustenanfall. Vorsorglich klopfte Papa ihm kräftig auf den Rücken, während Mama ihn warnend anblickte und die Brauen zusammenzog.
„Sowas kannst du auch? Nachdenken?", krächzte mein Bruder und rang nach Luft.
Angela zuckte beleidigt mit den Schultern.
„Gut, dann erfahrt ihr es eben nicht", meinte sie gleichmütig.
„Sag schon!" Ich stieß sie freundschaftlich an.
„Also, das Hotel hier heißt doch Luhg Holiday, oder?"
Ich nickte ungeduldig.
„Ja, und?"
„Dreh doch das Wort mal um!"
„Ghul Yadiloh", Jan hatte sich gerade beruhigt, nun begann er erneut zu lachen.
„Yadiloh klingt echt gut, richtig melodisch", warf Papa ein.
„Mensch, ihr solltet nur das Wort Luhg andersrum sprechen."
Angela schüttelte den Kopf über so viel Unverstand.
„Ghul … Ghul?" Entsetzt sah ich sie an.
„Willst du damit sagen, dass die kleinen Wichtel hier Ghule sind?" Über Ghule hatte ich gerade erst einen Horrorroman gelesen, und plötzlich fiel es mir wie Schuppen von den Augen. Dass ICH nicht darauf gekommen war!
„Ey, cool!", schrie Jan begeistert, sprang vom Stuhl und führte einen Indianertanz auf.
„Kann mich vielleicht mal einer von euch aufklären, was Ghule sind?" Mamas energische Stimme übertönte das Geschrei meines Bruders.
„In dem Buch, das ich gelesen habe, haben die Ghule ein paar Menschen eingebuddelt, ein paar Wochen gewartet, sie dann wieder ausgebuddelt und gegessen", erklärte ich ruhig. Papa besah sich skeptisch das Stück Dosenfleisch auf seiner Gabel und schloss den bereits geöffneten Mund wieder. Langsam sank das Essgerät zurück auf den Teller. Mama nahm die Dose in die Hand und studierte mit skeptischem Blick das darauf geklebte Etikett.

Ich beruhigte sie: „Nein, sie legen es nicht ein und konservieren es auch nicht. Das ist wirklich Rindfleisch. Deshalb ist es wohl auch noch da."
Jan wurde nachdenklich.
„Meinst du, sie werden uns auch einbuddeln?"
„Nööö", sagte ich gelassen.
„Der Boden ist gefroren, sie müssen mindestens bis zum Frühjahr damit warten."
Mama zog die Augenbrauen hoch.
„Das klingt ja wirklich sehr beruhigend, muss ich sagen."

Von der Treppe her ließen sich schlurfende Schritte vernehmen.
‚Aha, unser Wirt ist im Anmarsch', fuhr es mir durch den Kopf.
Und da war er auch schon. Im Gegensatz zu den lautlos huschenden Ghulkindern war er nicht zu überhören, da er seine Füße, die in blaukarierten Puschen steckten, nicht anhob beim Gehen.
Sein Gesicht trug einen übelgelaunten Ausdruck zur Schau, und die dünne Unterlippe war mürrisch vorgeschoben, sodass man glatt eine Münze darauf platzieren konnte.
„Was ist hier los? Warum ist es so laut und so warm?" Mit einem fleckigen Stofftaschentuch tupfte er sich doch tatsächlich den Schweiß von der Stirn, während uns noch immer kalt war. Die Wärme des altmodischen Ofens in der Küche kroch nur langsam bis in unsere Sitzecke.
„Wie ich sehe, habt ihr etwas zu essen gefunden", bemerkte er trocken. Mit einem lauten SCHHHHHHHHHHH und einer ärgerlichen Handbewegung vertrieb er die lautlosen Gestalten, die hinter ihm auftauchten.
„Sie stören doch nicht", beschwichtigte Mutter ihn.
„Papperlapapp, die sollen hier nicht herumschleichen. Wenn, dann sollen sie sich ganz zeigen. Kommt hervor!" Und schon tauchten sie wieder auf, wie aus dem Nichts, fünf kleine Gestalten mit strubbeligem schwarzem Haar in Schlafanzügen. Ruby war auch dabei, stellte ich zufrieden fest.

„Ruby hat uns geholfen und Brennholz gebracht", ich nickte ihr freundlich zu, und sie lächelte stolz. Dabei zeigte sie ein paar spitze, erstaunlich weiße Zähne.

„Ja, sie ist ein braves Kind." Unser Gastgeber fuhr ihr mit seiner klauenartigen Hand liebkosend durch das Haar. Ich sah noch Mutters missbilligenden Blick, der auf die dreckigen Fingernägel fiel, doch es war schon zu spät.

„Ihr braves Kind hat wohl noch keinen Kamm in seinem Leben gesehen. Und Ihre Nägel sehen aus, als hätten Sie grad jemanden ausgebuddelt. Erscheinen Sie vor Ihren Gästen immer so ungewaschen im Schlafanzug?"

„Schlafanzug?" Der gute Mann sah meine Mutter verständnislos an.

„Als wir das Hotel hier übernahmen damals, hatten die Menschen diese Sachen an, als wir sie in ihren Betten fanden. Und was ist ein Kamm?" Mir lief ein Schauer über den Rücken, und Jan sah mich bedeutungsvoll an.

„Sie haben sie in ihren Betten gefunden und dann ihre Kleidung angezogen und danach ...", raunte er.

Es wurde laut auf dem Treppenaufgang, und dann waren sie plötzlich alle da: insgesamt vier Erwachsene und fünf Kinder. Neun Ghule!

„Jeremias, würdest du wohl die Güte haben, uns unseren Gästen vorzustellen", ertönte eine hohe Stimme. Während man bei den Kindern kaum Unterschiede zwischen Jungen und Mädchen erkennen konnte, waren sie bei den Erwachsenen offensichtlich. Dies war zweifellos eine Frau. Darüber konnte auch der Schlafanzug nicht hinwegtäuschen. Ihr speckiges langes braunes Haar war zu einem unordentlichen Knoten zusammengefasst, und über den dünnen Lippen ragte eine lange spitze Nase aus dem Gesicht.

Jeremias räusperte sich verlegen.

„Ach so, ja. Also das hier ist meine Frau Eusebia und der dort mein Vater Erasmus." Eine etwas ältere kahlköpfige Ausgabe von Jeremias verbeugte sich höflich, was zur Folge hatte, dass

seine Nasenspitze fast den Boden berührte und ein großer Buckel offenbar wurde. Eusebia half ihm, sich wieder aufzurichten.
„Und das hier ist meine herzallerliebste Mutter Konstanze." Sein Blick wurde seltsam mild. Mutter Konstanze hatte wildes schwarzes Haar, trug einen lila Morgenmantel und erinnerte ansonsten stark an Ruby im Aussehen. Entweder färbten die Ghule ihre Haare oder sie wurden von Natur aus nicht grau.
„Dies sind meine Kinder Rupert, Damien, Eugen, Thusnelda und Ruby, die ihr ja bereits kennt. Und ich bin Jeremias."
Mit diesen Worten schob er die kleinen Ghule nach vorn. Die machten finstere Gesichter und senkten den Blick, bis auf Ruby, die die freundlichste von allen zu sein schien. Ihr Haar war länger als das der anderen Kinder, ihre Augen strahlender und ihr Gesicht runder. Die anderen konnte ich nur schwer voneinander unterscheiden, ich wusste auch nicht mehr, wer von ihnen Thusnelda war. Sie hatten ausnahmslos schwarzes verfilztes Haar, das in alle Richtungen vom Kopf abstand und dunkle Augen.
„Schwarz wie die Nacht", wisperte ich, und Jan grinste. Ruby hatte sich angeschlichen und ergriff nun plötzlich seine Hand. Dabei strahlte sie ihn an. Jans Grinsen erstarrte, und er sah mich hilfesuchend an.
„Na, hast dir gleich eine kleine Freundin angelacht, siehste", stichelte ich freundlich.
„Habt ihr denn keinen Nachnamen?", fragte Mama irritiert.
„Was ist das, und wozu braucht man es?", fragte Jeremias.
Mama hatte keine Lust, das zu erklären.
„Vielleicht ist Ihr Nachname ja Luhg, jedenfalls heißt euer Hotel so."
„Nööö, das ist nicht unser Hotel und überhaupt ist das nur ein Hinweis für die Ghule, dass sie hier willkommen sind. Sie lesen das Schild rückwärts, wisst ihr. Nicht überall hat man gern Ghule zu Gast, das ist die traurige Wahrheit ... leider", seufzte Jeremias.

„Wirklich, sehr bedauerlich", stimmte Mama sarkastisch zu.
Also stimmte das, was wir herausgefunden hatten, nun gab es nicht mehr den geringsten Zweifel. Noch wussten wir nicht, was das für uns bedeuten sollte.
Papa saß zufrieden zwischen den Essensresten am Tisch und skizzierte die Ghule auf seinem Notizblock. Angela sah ihm dabei zu, kaute genüsslich auf etwas herum und schien sich über nichts mehr Gedanken zu machen. Jan hatte sich von Ruby mitziehen lassen, und beide waren mitsamt den anderen Kindern verschwunden.
„Erzählen Sie uns doch mehr über das Hotel, seinen Besitzer und die Leute, die Sie in den Betten fanden", sagte meine Mutter gerade.
„Aber gern, wir haben ja so selten Gäste hier, mit denen wir uns mal kultiviert unterhalten können", sagte Erasmus mit einer krächzenden Stimme und wies auf zwei alte bordeauxrote Sofas in einer besonders schummerigen Ecke der Empfangshalle, die mir bisher gar nicht aufgefallen waren.
„Setzen wir uns doch erst einmal gemütlich hin, und dann will ich beginnen. Das ist nämlich eine interessante Geschichte."

So saßen wir dann in zwei Gruppen auf den Sofas verteilt, die Ghule auf dem einen und wir auf dem anderen. Und plötzlich tauchten auch die Kinder wieder auf, lautlos setzten sie sich auf den Teppich zu unseren Füßen und lauschten aufmerksam.
„Also, es ist schon recht lange her, da begaben wir uns auf die Wanderschaft. In dem kleinen Dorf, in dem wir bis dahin friedlich gelebt hatten, war ein Mädchen verschwunden, und man hatte uns in Verdacht, obwohl wir damit wirklich nichts zu tun hatten. Sie durchsuchten unser Haus und fanden natürlich nichts. Trotzdem wurden wir fortan geschnitten und gemieden. Später fand man das Mädchen und entschuldigte sich, aber da hatten wir schon alles zusammengepackt und verließen jenen Ort, an dem wir nicht erwünscht waren. Wir wanderten lange durch die Wälder. Meine Schwiegertochter bekam plötzlich star-

ke Wehen, sie war nämlich hochschwanger. Da entdeckten wir das Schild ..."

„Das Luhg Holiday?", unterbrach ich aufgeregt.

Der alte Mann nickte und schaute eine Weile sinnend vor sich hin, bevor er weitersprach.

„Ja, das Luhg Holiday. Wir klopften an die Tür, es war mitten in der Nacht. Ein hochgewachsener Mann in einem schwarzen Umhang öffnete die Tür. Er hieß uns willkommen und gab uns Zimmer und Nahrung. Noch in der selben Nacht kamen Rupert und Ruby zur Welt."

„Zwillinge", entfuhr es Jan.

„Ja, Zwillinge. Unser Wirtsehepaar kümmerte sich rührend um uns und unseren Nachwuchs. Doch wir waren nicht die einzigen Gäste im Hotel. Es gab noch zwei Familien hier, und sie hatten auch Kinder bei sich. Und sie waren ... Menschen."

Er schaute uns der Reihe nach prüfend an.

„Wir waren den Umgang mit Menschen vom Dorf her ja gewohnt, kannten ihre Gebräuche und Umgangsformen, so fielen wir ihnen nicht weiter auf."

Ich versuchte, ein Lachen zu unterdrücken, doch Jan prustete los. Die Ghule lächelten höflich und machten verständnislose Gesichter dabei.

„Nun gut, unsere Geschmäcker was das Essen betraf, stimmten vielleicht nicht ganz überein, aber ansonsten gab es keinerlei Probleme. So gingen die Tage dahin, wir fühlten uns wohl. Die Hotelbesitzer kamen immer erst nach Sonnenuntergang hinunter und spielten Schach oder Klavier. Aber wir haben uns mit den anderen Gästen sehr gut unterhalten. Dann geschah es. Eines Morgens war die Halle leer, der Frühstückstisch nicht wie sonst gedeckt. Wir warteten, doch nichts geschah. Weder unsere Gastgeber noch die anderen Gäste tauchten auf. Die Sonne stand schon hoch am Horizont, als wir die Zimmer der Menschen endlich betraten. Dort lagen sie in ihren Gewändern in den Betten, völlig ausgesaugt und bleich. Unsere Wirte waren Vampire und hatten ganze Arbeit geleistet. Wir wickelten die Toten aus und begruben sie im Garten hinter dem Haus." Mama und ich schauten uns entsetzt an.

„Am Abend erschienen unsere Gastgeber und sagten, dass sie zurück in die Stadt müssten. Sie machten uns den Vorschlag, hier umsonst zu wohnen und dafür das Hotel zu verwalten. Wir willigten ein. Wo sollten wir denn auch hingehen? Danach ließen sie sich nur noch selten blicken, um mal nach dem Rechten zu sehen. Doch es kamen in all den Jahren auch kaum Gäste, es ist einfach zu abgelegen hier. Nach und nach bekam Eusebia ihre anderen drei Kinder, eines schöner und kräftiger als das andere."

Der Großvater blickte voller Stolz auf seinen Nachwuchs am Boden.

„Was ihr da anhabt ist ..." Jan räusperte sich.

Erasmus nickte.

„Ja, diese luftigen Gewänder der Menschen gefielen uns sehr gut, besser als unsere eigenen Sachen. Später fanden wir noch mehr davon in den Zimmern, aber nichts davon ist so bequem wie das hier." Er fuhr liebevoll mit seinen klauenartigen Händen über sein langes rosa Rüschennachthemd.

Von Jan kam ein vernehmliches Glucksen. Er hockte noch immer inmitten der Ghulkinder und Ruby strahlte ihn an. Auch ich konnte mir ein Grinsen nicht länger verkneifen. Vater war damit beschäftigt, Erasmus auf einem Stück Papier zu verewigen und schaute kurz auf.

„Haben Sie je daran gedacht, das Hotel in ein Künstlercafé umzugestalten oder zumindest eines zu integrieren? Die Atmosphäre hier hat etwas Besonderes, man könnte ..."

„Bertram!", unterbrach ihn Mama entsetzt. Erasmus schlurfte zu Papa hinüber und legte ihm freundschaftlich die Klaue auf die Schulter. Wohlwollend betrachtete er die Skizze auf dem Block.

„Junger Mann, das ist gar nicht mal so eine schlechte Idee."

„Damit käme wieder frisches Blut und Leben in das alte Gemäuer", quiekte Eusebia, und Jeremias nickte heftig mit dem Kopf.

„Das würde doch sicherlich auch den Besitzer des Hotels freuen", bemerkte Mutter zynisch.

Zum ersten Mal erhob Großmutter Konstanze ihre Stimme, sie klang überraschend dunkel und melodisch.

„In der Tat, das würde es, und vielleicht würde er sich mit seiner Gemahlin dann doch wieder hier niederlassen. Frisches Leben hat ihm so sehr gefehlt zum Schluss."

„Ja, das kann ich mir vorstellen", entgegnete Mama trocken, während Papa ganz verwirrt von einem zum anderen sah.

„Der Besitzer des Hotels ist ein Vampir", zischte Angela ihm zu.

„Großer Gott!" Papa schüttelte seinen Kopf.

„Das meinst du doch nicht im Ernst. Ihr Kinder lest einfach zu viel Schundliteratur."

Die Ghulkinder kicherten und begannen durch die Halle zu huschen. Sie hatten schon viel zu lange still gesessen. Ich hielt Jan am Pullover fest.

„Wo wart ihr vorhin?", fragte ich ihn neugierig.

„Im Keller. Da haben die ein richtiges Vorratslager", gab Jan zurück.

Ruby erschien bevor ich etwas antworten konnte und wollte ihn mit sich ziehen, doch er wehrte ab. Sie sah mich an, und ich glaubte für einen Moment ganz hinten in ihren dunklen Augen etwas abgrundtief Böses zu sehen, doch es konnte auch eine Täuschung sein. Ich war mir nicht sicher, denn sie drehte sich schnell um und kurz darauf waren alle Ghulkinder wieder wie vom Erdboden verschluckt.

„Erzähl mir mehr darüber", forderte ich meinen Bruder auf, doch er schüttelte den Kopf.

„Das muss ich dir zeigen, nachher wenn die Luft rein ist." Er warf einen bedeutungsvollen Blick auf die Erwachsenen und Angela. Vater hatte sich mit Erasmus und Konstanze zusammen an den Tisch gesetzt, und alle drei beugten sich eifrig über den Schreibblock. Wahrscheinlich entwarfen sie schon Pläne für das Künstlercafé. Sie schienen aufgeweckter als Jeremias und Eusebia zu sein, die noch immer gelangweilt auf dem Sofa saßen und

vor sich hin gähnten. Mama flüsterte mit Angela, ich schnappte Wörter wie überzeugen und Vernunft auf.
„Sind die Kinder wieder in den Keller gelaufen?", fragte ich Jan. Der zuckte die Schultern.
„Die sind überall und nirgends, vielleicht im Keller oder auf dem Dachboden, und sie sind unglaublich schnell und leise."
„Wir müssen auf eine günstige Gelegenheit warten, wenn Mama grad nicht hier unten ist. Die muss doch sicher auch mal irgendwo hin", flüsterte ich.
Da kam sie auch schon.
„Was habt ihr zu flüstern?" Streng sah sie uns an.
„Nichts", brummelte Jan.
„Ihr habt doch auch geflüstert eben", sagte ich verärgert. Angela gesellte sich zu uns.
„Gib mal kurz gut Acht auf die Zwei, dass sie nichts anstellen", sagte Mama zu ihr.
„Ich bin gleich wieder da." Damit entfernte sie sich Richtung Tür mit der Aufschrift Damen.
Jan und ich sahen uns frustriert an. So ein Mist! Das war es dann wohl mit unseren Plänen erstmal.

Mama kam zurück und winkte uns nach oben. Im Schlafzimmer angekommen schloss sie sorgsam die Tür.
„Wir müssen einen Plan entwerfen, damit wir hier so schnell wie möglich wegkommen", sagte sie.
„Solange wir eingeschneit sind ist das aber ein gewaltiges Problem", antwortete ich und Jan fragte: „Warum denn? Jetzt wird es doch gerade erst interessant."
Ich spürte so etwas wie Eifersucht in mir aufsteigen. Daran war nur Ruby Schuld. Dieses Ghulmädchen spannte mir meinen Bruder aus. Irgendwie fühlte ich mich aufs Abstellgleis geschoben.
„Wir sind in höchster Gefahr, versteht ihr das denn nicht? Nach allem, was ich gehört habe, treiben hier Menschenfresser und Blutsauger ihr Unwesen. Und euer Vater sitzt mit denen an ei-

nem Tisch und entwirft irgendwelche Pläne für ein Künstlercafé, ha!"

Meine Mutter lachte bitter auf.

„Wie kommt ihr denn auf sowas?", eine quäkende Stimme ertönte vorwurfsvoll, und hinter dem Bett huschte eine wohlbekannte kleine Gestalt im geblümten Schlafanzug hervor, die jetzt empört zu uns aufsah und beide Hände in die Hüften gestemmt hatte. Ruby ...

Wir brauchten einen Moment, um uns von diesem Schock zu erholen.

„Spionierst du uns etwa nach?" Mama erhob warnend den Zeigefinger und sah das Mädchen prüfend an.

„Was hast du hier zu suchen?"

„Wir haben nur ein wenig Verstecken gespielt", murrte die Kleine und schob trotzig die Unterlippe vor.

„Wir? Sind etwa noch mehr hier?" Meine Mutter war außer sich.

Jetzt tauchten auch die anderen vier Ghulkinder auf und stellten sich neben Ruby.

Ich stieß Jan an. Wenn die was erzählen würden, dann sicher nur ihm. Langsam schlenderte mein Bruder zu den kleinen Gestalten hinüber.

„Ruby, was habt ihr mit uns vor?", fragte er leise.

„Nichts." Das Mädel lächelte ihn freundlich an.

„Ihr wollt uns nicht essen?" Ein wenig Unsicherheit schwang in der Stimme meines Bruders mit.

Die Kinder kicherten und begannen umherzuspringen.

„Nein, wir essen nichts, das lebt. Und wir töten auch nichts Lebendiges, um es zu essen, wie ihr Menschen das tut." Ruby lachte hellauf und wollte davonspringen, doch ich hielt sie fest. Unbemerkt hatte ich mich angeschlichen.

„Und der Hotelbesitzer? Ist er ein Vampir?"

„Ja, aber der ist weit weg." Wieder kam Kichern aus allen Ecken des Raumes.

„Und wenn er wiederkommt?"

Ruby sah mich ernst an.

„Dann wird es gefährlich für euch."
Mama mischte sich ein: „Du meinst, dann saugt er unser Blut aus, wie bei den Hotelgästen, deren Kleidung ihr jetzt tragt?"
Ruby schüttelte den Kopf und brach in Gelächter aus. Als sie sich beruhigt hatte antwortete sie: „Nein, die Vampire saugen schon lange kein Blut mehr. Es ist viel schlimmer, als ihr denkt. Sie haben auf Energie umgestellt."
Entgeistert lockerte ich meinen Griff, und noch immer lachend tanzte sie davon.
Fragend sahen wir uns an. Auf Energie umgestellt? Energievampire? Gab es die wirklich?
An diesem Tag hatten wir keine Gelegenheit mehr, den Keller zu inspizieren. Ein neuer Schneesturm verdunkelte den Himmel und wir entschlossen uns, in die Halle hinunter zu gehen und bei Kerzenlicht eine Runde Mensch ärger dich nicht zu spielen. Zu unserer Überraschung nahmen auch Angela, Jeremias und Eusebia an dem Spiel teil. Die Ghule verstanden schon nach wenigen Erklärungen, worum es ging. Allerdings war Jeremias ein schlechter Verlierer, er fegte die Figuren vom Brett, sobald er rausgeworfen wurde, und Eusebia mogelte nach Leibeskräften. Aber das gab dem Spiel irgendwie eine ganz besondere Note. Es endete nach etwa zwei Stunden Spaß und Verdruss, nachdem Jeremias in einem Wutanfall gleich mehrere Puppen zertreten hatte. Leider waren sie aus Plastik und nicht so widerstandsfähig wie die alten aus Holz, und wir hatten nicht genug Ersatz dabei.
Wir begaben uns in die Küche, um eine neue Mahlzeit zusammenzustellen, interessiert beobachtet von den Ghulen. Auch die Kinder waren wieder dabei, sie hatten uns schon geraume Zeit beim Spiel zugeschaut. Spontan entschieden wir uns für Würstchen (die musste man nicht warm machen), Pfirsiche in der Dose, Kekse und Nescafé.
Unseren Gastgebern boten wir auch etwas an, und sie probierten alle. Den Kindern schienen zumindest die Würstchen zu schmecken. Doch Erasmus biss nur einmal ab und sagte dann

angewidert: „Was ist da drin? Das ist doch kein Fleisch! Schmeckt künstlich und ist zudem auch viel zu frisch."
„Vielleicht reifen sie im Geschmack, wenn man sie für einige Zeit einbuddelt, Vater", überlegte Jeremias und betrachtete zweifelnd das Würstchen in seiner Hand.
Konstanze schüttelte den Kopf: „Erinnert ihr euch? Wir haben sowas manchmal damals im Dorf gegessen, wenn wir irgendwo eingeladen waren. Sie haben kein natürliches Aroma. Die Menschen reichern alles mit Gewürzen und Geschmacksverstärkern an, sonst könnten sie es selber nicht herunterbekommen. Sie benutzen auch Konservierungsmittel, Farbstoff und sonst noch so allerlei Chemikalien, die dann jede Menge Krankheiten im Körper auslösen." Aufmerksam blickte sie in die Runde und setzte dann freundlicherweise hinzu: „Ich habe ein paar Jahre in der Nahrungsmittelindustrie gearbeitet und habe auch jetzt noch so meine Quellen."
Ich starrte auf meinen Teller. Es war nicht zu fassen, die Ghuloma hatte es geschafft, mir den Appetit zu verderben. Und nicht nur mir, Papa sah schon ganz grün im Gesicht aus, komischerweise bekam er so etwas immer mit. Mama schaute skeptisch auf die Pfirsiche, die verdächtig frisch in ihrem satten Gelb schimmerten und Angela würgte offensichtlich mit einem Brechreiz. Nur Jan saß unbekümmert inmitten der Ghulkinder und aß das Würstchen wie sie einfach so auf die Faust.
„Was essen Sie denn so?" Papa wandte sich voller Interesse an Erasmus.
„Ach, im Moment ist das etwas schwierig. Der Boden ist gefroren, da können wir nicht buddeln, also müssen wir auf unsere mageren Vorräte im Keller zurückgreifen", bekam er zur Antwort.
Ich warf Jan einen bedeutungsvollen Blick zu, doch der war vollauf mit dem albernen Würstchen beschäftigt. Ich war Luft für ihn, sobald Ruby anwesend war, stellte ich wieder einmal empört fest. Ich würde der Sache morgen auf den Grund gehen … egal ob mit oder ohne meinen Bruder.

Ich fragte mich, ob die Ghule nun ihr eigenes Mahl aus dem Keller holen würden. Erasmus erhob sich ächzend und verschwand durch eine niedrige Tür in der Wand. Aha, da musste also auch noch ein Raum sein. Er rumorte eine Weile und kehrte dann mit einer Geige zurück. Die Ghulkinder hörten sofort auf zu essen und sprangen auf.
Gespannt beobachtete ich, was nun geschah. Erasmus begann zu geigen. Es sah seltsam aus, wie er dort ganz gekrümmt mit seinem Buckel stand und aus dem Instrument die wunderschönsten Melodien hervorzauberte. Die Kinder tanzten wild und ausgelassen, und plötzlich erhoben sich auch Jeremias und Eusebia und bewegten sich engumschlungen im Takt der Musik. Konstanze forderte meine Eltern auf, doch auch zu tanzen. Jan und ich streikten. Das war nicht so unser Ding. Aber wir klatschten wie alle anderen nach jedem Lied stürmisch Beifall.
Die Ghuloma blieb ebenfalls sitzen und sang mit ihrer dunklen Stimme zum Klang der Geige, mal fröhlich, mal melancholisch in einer uns fremden Sprache. Sie erntete ohrenbetäubenden Applaus, und ich fragte mich, wie so wenige Leute dermaßen viel Lärm veranstalten konnten. Es wurde ein gelungener Abend, fast schon mit Partycharakter, und ich weiß nicht, wie spät es war, als wir endlich nach oben gingen und todmüde in unsere Betten fielen. Auch die Ghule waren in ihren Zimmern verschwunden. Wahrscheinlich würden sie irgendwann in der Nacht aufstehen und unten in der Halle ihre geheimnisvollen übel riechenden Speisen zu sich nehmen. Anscheinend wollten sie dabei ganz unter sich sein. Sollten sie doch! Ich würde ihnen diesmal ganz sicher nicht hinterherspionieren, dazu war ich viel zu kaputt.
Es war schon nach 11 Uhr, als wir am nächsten Tag erwachten. Wir wuschen uns die Gesichter mit eiskaltem Wasser aus der Karaffe und zogen mehrere Schichten Klamotten übereinander. In der Halle erwartete uns eine Überraschung. Der Frühstückstisch war bereits gedeckt, es gab Fleisch aus der Dose, Kartoffelchips, Kekse und ein komisches lauwarm gewordenes Gebräu,

das sich als sehr bitterer Nescafé entpuppte. Unser Wirt Jeremias stand strahlend daneben und zeigte uns auf seine Art, dass wir nun als Hotelgäste endlich willkommen waren. Wir bedankten uns höflich und nahmen Platz. Sogar an das Besteck hatte der Gute gedacht! Tapfer tranken wir den Kaffee, und Mama sah warnend zu Papa hinüber, der sein Gesicht bei jedem Schluck schmerzhaft zu einer Grimasse verzog.

Kurze Zeit später erschienen auch die Ghulkinder und machten meinen schönen Plan zunichte, den Keller nachher mit Jan zu inspizieren. Ruby setzte sich neben meinen Bruder und flüsterte ihm etwas ins Ohr. Der nickte eifrig. 'Ja, klar, ein Herz und eine Seele', dachte ich spöttisch.

„Bald treffen wir unsere Vorbereitungen für das Weihnachtsfest", sagte Jeremias. Na toll, wir hatten es also mit christlichen Ghulen zu tun.

Mama schien erstaunt. „Oh, ich hätte nicht gedacht ..."

„Dass wir auch Weihnachten feiern? Doch, doch, jedes Jahr. Schon der Kinder zuliebe", antwortete unser Wirt.

Erasmus kam angeschlurft, Eusebia und Konstanze im Schlepptau.

„Weihnachten, oh ja, die schönste Zeit des Jahres", krächzte er.

Ich hoffte im Stillen, dass wir die Festtage nicht hier verbringen mussten. Der Schnee lag noch höher als gestern, und unsere Chancen, hier wegzukommen, waren gleich Null.

„Sag mal, hast du dein Handy nicht dabei?", fragte ich Angela leise, die als einzige von uns Kindern eines besaß. Unsere Eltern waren der Ansicht, dass man mit 11 Jahren so etwas noch nicht brauchte.

„Doch schon, aber der Akku ist leer, und wir können noch nicht mal zum Auto, und hier gibt es ja keinen Stromanschluss. Aber pssst ... ich habe es geschmuggelt, du weißt ja, dass Mama mir verboten hat, es zu Tante Minna mitzunehmen, damit ich nicht den ganzen Tag darauf herumspiele." Sie machte ein unglückliches Gesicht.

„Und nun darf ich mich hier zu Tode langweilen."
Ich seufzte: „Dann muss ich wohl davon ausgehen, dass Mama ihres auch nicht dabei hat."
„Bingo", sagte Mama.
„Angela, hatte ich dir nicht ausdrücklich untersagt …"
Die Frau hatte doch wirklich ihre Ohren überall und zudem ein feineres Gehör als ein Fuchs.
Angela zog den Kopf zwischen die Schultern.
„Mama, es ist lebensgefährlich, ohne Handy loszufahren! Du siehst ja, was alles geschehen kann! Allerdings nützt uns Angelas jetzt im Moment auch nicht viel", sagte ich wütend. Papa und die Ghule, die sich gegenseitig Anekdoten über vergangene Weihnachtsfeste erzählt hatten, sahen interessiert zu uns herüber.
Jan hatte die Unaufmerksamkeit prompt genutzt und war mit den anderen Kindern verschwunden. Meine Laune sank auf den Gefrierpunkt.
Wenn meine Mutter ein funktionstüchtiges Handy dabei hätte, könnten wir Hilfe rufen, dachte ich, verwarf diesen Gedanken jedoch wieder. Wir waren ja eingeschneit, damit musste ich mich abfinden. Niemand würde zu uns durchkommen, und wir kamen nicht fort, solange der Schnee nicht taute, und das konnte noch ewig dauern.
Heute war schon der 22. Dezember.
„Na, dann frohe Weihnachten", dachte ich sarkastisch.
Jan schielte um die Ecke und gab mir heimlich Handzeichen.
„Mama, schau doch mal, ob man nicht doch zum Auto durchkommt. Vielleicht ist der Schnee ja weniger geworden inzwischen", versuchte ich sie zu überlisten und hatte wider Erwarten Erfolg damit. Sie sprang drauf an, und während sie mir den Rücken zudrehte, um Richtung Fenster zu gehen, verkrümelte ich mich schnell und leise.
„Ruby und Rupert sagen, dass du mit in den Keller darfst", flüsterte mein Bruder aufgeregt.

„Los, komm, sie warten schon." Ich war gerade an der nur einen Spalt offen stehenden Tür angelangt, hinter der die Stufen in die geheimnisvolle Dunkelheit hinunterführten, da hörte ich die laute Stimme meiner Mutter:
„Von wegen weniger! Das wird immer mehr! Es schneit schon wieder!"
Was dann geschah, bekam ich nicht mehr mit. Eines der Ghulkinder erschien mit einer Kerze auf der Kellertreppe und beleuchtete uns den Weg. Hier roch es streng nach Moder und Feuchtigkeit, und es war noch kälter als oben in der Halle. Voller Spannung, was mich nun wohl erwartete, tastete ich mich vorwärts, während ich den warmen Atem meines Bruders, der mir dichtauf folgte, im Nacken spürte.
Das Abenteuer konnte beginnen.

Unten warteten die anderen Kinder schon mit Laternen in der Hand, die das alte Gewölbe in ein diffuses und schemenhaftes Licht tauchten. Wir selbst warfen unheimlich verzerrte Schatten an die Wände, und die Ghulkinder kicherten vergnügt. Sie schienen sich über alles zu freuen. Überall hingen Spinnenweben, und ab und zu raschelte es in irgendeiner Ecke verdächtig. Ich tippte auf Ratten. Als mir eine Spinne mit ihren langen dünnen Beinen über den Arm kroch musste ich grinsen.
„Wir hätten Angela vielleicht doch mit runter nehmen sollen."
Jan lachte, und Ruby verdrehte in gespieltem Entsetzen ihre Augen, bevor sie glucksend sagte: „Das wollte ich den Spinnen aber nicht zumuten."
Wir zogen weiter ... unter dem Haus schien sich ein regelrechtes Labyrinth zu befinden. An manchen Wänden waren Regale aufgestellt, ich entdeckte haufenweise Konserven und Gläser mit eingemachtem Obst und Marmelade. Von der Decke baumelten Räucherschinken und Salamis. Das hatte etwas Beruhigendes. Wir würden nicht hungern müssen, egal wie lange der Schneefall noch dauern würde. Noch eine Biegung und dann standen wir

vor einem riesigen Haufen Kartoffeln, ich konnte es kaum fassen.

„Das ist ja großartig, davon können wir doch welche mit hochnehmen und kochen oder sogar Pommes daraus machen, falls wir irgendwo Öl finden", sagte ich zu Jan, der eifrig nickte.

„Ach, die sind noch nicht reif, es dauert sehr lange, bis sie ihr Aroma entwickeln." Ruby runzelte die Stirn und das kleinste der Ghulkinder schüttelte sich: „Ich habe mal eine probiert … brrr … sie schmecken gar nicht gut."

„Tja, Thusnelda, wenn du auch nicht warten kannst, bis sie reifen", ereiferte sich ein anderer Ghul lachend.

„Eugen, sie liegen doch schon so lange hier rum, wir hätten sie einbuddeln müssen, aber es sind so viele." Das war Rupert, ich erkannte ihn an seinem gelb gestreiften Schlafanzug. Dann musste das dort Damien sein, der gerade triumphierend eine auf seinem Zeigefinger aufgespießte Kartoffel hochhielt und rief: „Schaut, ich habe eine reife gefunden!" Ich hielt mir die Nase zu. Sicherlich waren noch einige angefaulte Kartoffeln in dem Haufen. Später auf dem Rückweg würde ich Erdäpfel mitnehmen, aber erst musste ich einen Korb oder Beutel für den Transport finden.

Es gab jede Menge Kisten und Kästen im nächsten Raum.

„Was ist denn da drin?", fragte mein Brüderchen neugierig. Rupert öffnete eine Kiste. Sie war mit allem möglichen Hausrat gefüllt, der sehr alt aussah, vielleicht Antiquitäten, überlegte ich. In einer anderen Kiste waren Bücher und in einer Holztruhe alte Gewänder. Seltsame prunkvolle Kleider, wie man sie früher trug, und Zylinder. Jan setzte sich einen auf den Kopf und erntete fröhliches Gelächter, da er ihm über beide Ohren rutschte und die Hälfte seines Gesichts verdeckte.

„Dürfen wir die Sachen mal anprobieren?" Bewundernd hielt ich ein Kleid aus dunkelgrünem Samt hoch.

„Na klar, das Zeug ist seit Ewigkeiten hier unten, hat vielleicht mal dem Grafen gehört."

„Dem Grafen?" Ich war erstaunt.

„Ja, dem Besitzer hier, aber er hat gesagt, wir können seinetwegen alles wegschmeißen."
„Tun wir aber nicht, oder?", ließ sich Thusneldas besorgte Stimme vernehmen.
„Nööööö", machte Eugen.
„Nun gehört das alles uns! Wir spielen sehr gern hier unten, und das Verkleiden macht ganz besonderen Spaß!"
„Habt ihr es gut", entfuhr es Jan. Ich hatte mir währenddessen das grüne Kleid übergezogen und fühlte mich in alte Zeiten versetzt. Es machte auch gar nichts aus, dass es ein wenig zu groß für mich war.
„Kommt weiter, wir zeigen euch noch mehr", sagte Ruby, und Jan legte bedauernd den Zylinder zurück.
Ich behielt das Kleid vorerst an, es war wärmer so, allerdings musste ich es mit einer Hand hochraffen, damit ich nicht stolperte. Ruby winkte uns zu, und bald standen wir staunend vor dem Inhalt einer riesigen Kiste, die mit allerlei Schmuck und Glitzerkram angefüllt war.
„Natürlich ist er nicht wirklich was wert", meinte Rupert.
„Sonst hätte der Graf ihn uns nicht überlassen."
„Ach, der Graf hat genug Geld und viele Häuser in der Stadt."
Eugen machte eine wegwerfende Handbewegung.
„Ihr könntet das ja mal schätzen lassen. Da gibt es Experten. Zumindest ist es doch alles antik, auch die Kleidung dort. Mit dem Geld könntet ihr vielleicht das Hotel etwas attraktiver gestalten. Und dann kämen vielleicht auch wieder mehr Gäste."
„Meinst du?" Ruby strahlte mich an. Wie konnte ich das Mädchen nur jemals als böse eingeschätzt haben.
„Na und ob! Und ich sag euch was: an dieser Kiste hätte Angela ihre reinste Freude!"
Lustiges Gekicher erschallte und wurde vom Kellergewölbe zurückgeworfen.
Weiter ging es, nochmals um eine Ecke.
Und dann standen wir vor einem großen Berg ...
„Erde?", fragte ich verblüfft.

Ruby nickte stolz.

„Das ist unsere Vorratskammer. Hier buddeln wir unser Essen ein und lassen es reifen." Ich würgte, als sie anfing zu graben. Schließlich hielt sie etwas hoch, das aussah wie die Überreste eines großen Vogels.

Mich schauderte, und Jan rief empört: „Ich denke, ihr tötet keine Tiere, um sie dann zu essen!"

„Tun wir auch nicht. Sie sind schon tot, wenn wir sie finden und vergraben", erklärte Rupert mit ruhiger Stimme.

„Und dann esst ihr sie, so?" Mir wurde kotzübel.

„Das sind Aasfresser", raunte ich Jan zu.

„Das ist doch ekelhaft. Wenn wir so etwas essen, werden wir krank", sagte mein Bruder laut. Ich überlegte, ob das mit der Restaurierung des Hotels wirklich so eine gute Idee war. Währenddessen verbuddelte Ruby den Vogel sorgsam wieder.

„Ich weiß", sagte sie dann. „Aber jedes Wesen auf dieser Erde ist anders. Und das hier ist nun mal unsere Nahrung. Wir sind für niemanden gefährlich, auch für euch nicht. Wenn wir Gäste haben, essen wir nur heimlich in der Nacht oder hier unten im Keller. Ich hoffe, wir können trotzdem Freunde bleiben."

Ich zögerte nur einen Moment, und dann sagte ich: „Ja, das können wir. Wir Menschen tun vielleicht viel schlimmere Dinge als ihr Ghule."

Auch mein Bruder nickte eifrig mit dem Kopf, und Rupert sagte erleichtert: „Na, dann ist ja alles klar. Ich bin froh, dass ihr jetzt Bescheid wisst."

Wir traten den Rückweg an und fanden tatsächlich in einer Ecke einen Korb für die Kartoffeln. Jetzt musste ich das schöne Kleid in die Truhe zurücklegen und fühlte tiefes Bedauern in mir aufsteigen, zumal ich nun prompt wieder zu frieren begann. Aber so konnte ich natürlich nicht hochgehen.

Wir würden unserer Mutter von den Regalen mit den Vorräten berichten, nicht jedoch von den Kisten und Truhen. Auch über die Vorratskammer im Erdhügel würde Stillschweigen herrschen, da hatten mein Bruder und ich ein Abkommen mit den

Ghulkindern getroffen. Zum Schluss gab es noch eine angenehme Überraschung. Ruby deutete auf einen besonders schönen Schinken, der vom Haken baumelte.
„Jan, du reichst doch da ran. Hol den mal runter, in zwei Tagen ist Weihnachten, und Schinken mögen wir auch."
So erreichten wir schließlich die Stufen zur Halle. Oben herrschte bereits Aufregung.
Mama machte sich große Sorgen über unseren Verbleib.
„Margot, hier in diesem Haus kann euren Kindern gar nichts passieren", hörte ich Erasmus mit beruhigender Stimme sagen.
Und da waren wir auch schon! Kichernd tauchten wir inmitten der Ghulkinder auf. Mama wollte schimpfen, doch dann blieb ihr das Wort im Halse stecken.
„Kartoffeln und Schinken! Wo habt ihr das denn her?" Sie schnappte nach Luft, und Angela kam sofort herbeigeeilt.
„Nix da", sagte ich, als sie nach dem Schinken greifen wollte. „Der bleibt für Weihnachten!"
Danach verbrachten wir einen relativ ruhigen Nachmittag, Mama kochte für den Abend Kartoffeln, denn leider fanden wir kein Öl, um Pommes zu frittieren. Dazu gab es Rindfleisch und Birnen aus der Dose. Die Ghule mochten seltsamerweise die Kartoffeln und langten tüchtig zu. Da sie wie immer ihre Hände wie Schaufeln benutzten, verbrannte sich Jeremias, der als erster probierte, an den heißen Kartoffeln, rannte dann jammernd zum Fenster, stieß es auf und kühlte seine Klauen im Schnee.
Konstanze, die als einzige wie wir mit einer Gabel aß, schüttelte missbilligend den Kopf.
„Das kommt davon, wenn man so gierig ist."
Sie wandte sich an uns.
„Meine Familie war nicht immer so. Durch die Jahre hier in der Abgeschiedenheit hat sie leider ihre gute Kinderstube vergessen. Bitte entschuldigt dieses ungehobelte Benehmen und die miserablen Tischmanieren."
Jan und ich blickten uns an und verkniffen uns mühsam das Lachen. Gute Kinderstube ... Erasmus schmatzte zufrieden, und

Eusebia lehnte sich soeben mit einem satten Rülpser zurück. Mamas Mundwinkel zuckten verdächtig. Thusnelda zermanschte voller Hingabe mit den Händen eine Kartoffel zu Brei auf ihrem Teller, und Rupert zankte sich mit Damien um das letzte Exemplar in der Schüssel. Er warf die Kartoffel hoch in die Luft, und Ruby fing sie blitzschnell auf.
„Jetzt müssen wir sie durch drei teilen", lachte sie vergnügt und biss ein Stück ab, bevor sie den Erdapfel an Damien weiterreichte. Mich wunderte, dass keiner der älteren Ghule eingriff, doch die drei Kinder lösten das Problem auf ihre eigene unbekümmerte Art.
Ich fragte mich, ob Erasmus nun wohl wieder seine Geige hevorholen würde und war innerlich schon auf einen Tanzabend eingestellt. Doch nichts dergleichen geschah. Stattdessen bat er uns, von unserem Leben zu erzählen, von den großen Straßen und Häusern, der Schule, den Einkaufszentren, den vielen Autos und Menschen. Wir erzählten abwechselnd, und die Ghule lauschten andächtig wie Kinder, wenn man ihnen ein Märchen vorliest. Bis auf Konstanze, die ja in der Stadt gearbeitet hatte, kannten sie nur ihr Dorf und dieses Haus. Ihr größter Traum war es, einmal eine Großstadt zu sehen.
So verging auch dieser Abend wie im Flug, und wir mussten gestehen, dass wir uns auch ohne Fernseher und Computer großartig unterhielten oder vielleicht gerade, weil uns diese Dinge hier nicht zur Verfügung standen. Wir kommunizierten miteinander und begaben uns zufrieden nach oben, als wir müde wurden. Selbst die Zeit spielte plötzlich keine Rolle mehr. Innerhalb von nur zwei Tagen hatten wir gelernt, auf unsere innere Uhr zu hören.

Der nächste Morgen war düster und versprach neuen Schnee. Wir bereiteten uns darauf vor, Weihnachten bei den Ghulen zu verbringen, und seltsamerweise störte uns das jetzt gar nicht mehr. Ja, wir waren sogar gespannt, was uns erwartete.

„Auf jeden Fall kann es nicht langweiliger sein als bei Tante Minna", sagte ich zu Angela.
„Arme alte Tante, nun muss sie Weihnachten doch wieder allein verbringen", seufzte meine Schwester mitfühlend.
Frühstück mit Tee und Keksen. Die Kartoffeln vom Vorabend lagen noch schwer im Magen. Diesmal waren wir eher dran als unsere Gastgeber, die erst nach und nach verschlafen die Treppe herunter kamen. In der Küche schmolzen sie Schnee in einem Kessel auf dem Feuer und tranken durstig. Erasmus sah besorgt zum Himmel und murmelte: „Es wird höchste Zeit."
Zeit für was? Voller Interesse beobachteten wir das emsige Treiben. Eusebia verschwand mit ihren Kindern um die Ecke. Kurz darauf hörte ich die Kellertür quietschen. Schade, wie gern wär ich dabei gewesen, doch niemand schien Zeit für uns zu haben an diesem seltsamen Morgen.
Ein kalter Luftzug drang in die Diele, und neugierig schauten Jan, Angela und ich nach. Die Hintertür stand offen. Als erste nahm ich Konstanze wahr, die laute Befehle erteilte:
„Links, nein nein, tiefer, ihr brecht ja die Spitze ab ... weiter nach rechts ... muss man denn alles alleine machen!"
Dann tauchten Jeremias und Erasmus auf. Sie schleppten eine für ihren Begriff recht große Tanne in einem Topf und versuchten verzweifelt, damit durch die Tür zu kommen. Jeremias, der rückwärts ging, sah nicht, wohin er trat, und der bucklige Erasmus vermochte nicht an der Tanne vorbeizusehen, da sein Gesicht zwischen den Zweigen steckte. Sie wären sicherlich samt Baum von der überdachten Veranda gepurzelt, wenn nicht Papa, der gerade noch rechtzeitig auftauchte, beherzt zugegriffen hätte. Gemeinsam brachten sie das gute Stück in die Empfangshalle, und Konstanze schloss erleichtert die Tür.
Fröstelnd rieben wir uns die Hände. Mama sah zufrieden aus.
„Das ist ja ein wahres Prachtstück von Weihnachtsbaum."
„Und nun geht es ans Schmücken", keuchte Erasmus und schielte mit verdrehtem Kopf nach oben.
„Aber das überlassen wir wie immer den Kindern."

Und da kamen sie auch schon. Jedes von ihnen schleppte eine kleine Kiste. Nun durften auch wir wieder mitmachen. Jubelnd öffneten wir eine nach der anderen. Was kam da aber auch alles zum Vorschein! Bunte Christbaumkugeln aus Glas, Strohsterne, rote und weiße Kerzen, Lametta, Weihnachtsengel und und und. Eifrig wurden Stühle herbeigeholt, damit auch das kleinste Ghulkind an die Zweige reichte. Mama befestigte die Wachskerzen samt Halterungen, was sich als äußerst schwierig erwies, denn die Kerzen mussten gerade stehen und nicht zu dicht unter anderen Zweigen wegen der Brandgefahr.

„Was ist denn das?" Erstaunt hielt ich einen kunstvoll verzierten Zuckerkringel hoch.

„Ach, davon gibt es noch mehr. Auch so braunes Zeug, das ganz komisch riecht. Wir hängen es jedes Jahr mit auf!", rief Eugen von seinem Stuhl herunter. Entgeistert sah ich auf die kleinen Lebkuchenfiguren am Boden der Kiste. Die mussten doch schon steinhart sein.

„Der Baum! Er kippt!", schrie Jan plötzlich und sprang zur Seite. Wir konnten die Tanne mit Mamas Hilfe gerade noch abfangen, bevor sie Angela unter sich begrub, die emsig in einem Karton mit Weihnachtssternen kramte.

„Ja, wenn Ruby und Damien auch in die Tanne klettern müssen!", schimpfte Rupert laut.

„Wir kommen sonst aber nicht an die Spitze, um den Wichtel da drauf zu setzen", meckerte Ruby zurück.

„Kinder, das kann ich doch machen. Und jetzt runter da, bevor doch noch ein Unglück geschieht." Kopfschüttelnd befestigte unser Vater unter dem Applaus sämtlicher Ghule den kleinen Weihnachtswichtel oben am Baum.

„Der ist ganz wichtig für ein gelungenes Fest und einen guten Rutsch in ein neues Jahr", erklärte Jeremias stolz.

„Ja, er verhindert Unglück", rief Eugen und sah zu der kleinen Figur auf.

„Na, eben hätte er aber beinahe eher eines ausgelöst", sagte Mama mit leiser Ironie in der Stimme. Doch das tat der guten

Laune keinen Abbruch. An diesem Tag wurde noch viel gescherzt und gelacht. Jan jubelte plötzlich und hielt eine Packung Wunderkerzen in die Luft.
„Schaut mal, was ich gefunden habe!" Natürlich mussten wir gleich eine anzünden und dann noch eine.
„Stopp!", warnte Erasmus. „Wenn ihr so weiter macht, ist die Packung bis Weihnachten leer."
Mama und Angela begannen zu überlegen, was sie zu Weihnachten kochen sollten.
Schließlich entschieden sie sich für Kartoffeln und Schinken, damit auch die Ghule mitessen konnten.
Jan und ich hatten ganz andere Sorgen. Die Geschenke waren alle hübsch bunt verpackt im Kofferraum des Autos gelagert, also unerreichbar für uns, denn es war einfach unmöglich, diese Schneemassen wegzuschaufeln. Aber wir hatten keine Zeit, lange Trübsal zu blasen. Es gab eine Tütensuppe zum Aufwärmen, und dann wurde noch die Halle festlich geschmückt. Dafür schnitten die kleinen Ghule ganz geschickt Girlanden und Sterne aus bunter Silberfolie zurecht. Ein Weihnachten mal so ganz ohne Lichterketten.
„Fast wie in alten Zeiten", schwärmte Papa mit entrückter Stimme und musste seine Erinnerungen natürlich sofort schriftlich festhalten. Mit ihm war vorerst nicht mehr zu rechnen. Eine nostalgische Stimmung hatte sich breitgemacht, und versonnen saßen wir beieinander. Längst war es dunkel geworden, und ich döste vor mich hin.
Vater saß noch immer über seinem Schreibblock und sprach dabei leise mit Erasmus. Die beiden hatten sich richtig angefreundet. Die Ghulkinder lagen auf einem der Sofas zu einem Knäuel vereint und schliefen. Mama, Eusebia und Angela waren verschwunden, Konstanze strickte an etwas, das wie ein kleiner Pullover aussah, und Jan sah ihr dabei zu, während er ausgiebig in der Nase bohrte. Ich musste lachen.
„Mach nur so weiter, dann bekommt dein Riechklotz bald solche Ausmaße wie der von Eusebia, du kleiner Ameisenbär", raunte

ich ihm zu, bevor ich schnell das Weite suchte. In der Küche fand ich die drei Vermissten. Angela machte eifrig Notizen, während Mama und Eusebia wohl eine Bestandsaufnahme der Vorräte aufnahmen. Im Schrank standen jetzt auch Gläser mit eingemachtem Obst sowie diverse Konserven aus dem Keller. Also waren sie inzwischen unten gewesen, dachte ich enttäuscht.

„Hmm … Soße haben wir nicht, auch kein Mehl, um welche anzurühren, ebenso fehlen Zucker, Milch und Eier", überlegte meine Mutter.

„Dafür habe ich aber Salz und Pfeffer gefunden. Die Soße ersetzen wir durch eine Pilzsuppe aus der Tüte. Die kommt dann über die Kartoffeln, natürlich nicht für die Ghule", sagte sie mit einem Seitenblick auf Eusebia, die eifrig am Umräumen und Ordnen war.

„Hier habe ich grüne Bohnen in der Dose, die passen hervorragend zum Schinken, und zum Nachtisch gibt es Früchtecocktail aus der Dose. Was meinst du, Sabrina?"

„Und hier haben wir noch eine schöne luftgetrocknete Salami." Eusebia hatte sich umgedreht und fuchtelte mit einem Prachtexemplar von Wurst vor meinem Gesicht herum.

Ich grinste: „Das wird ja ein richtiges Festmahl."

Jan erschien.

„Ist das cool! Können wir die nicht gleich anschneiden? Ich habe nämlich einen Bärenhunger."

„Nix da, wehe ich erwische dich an der Wurst oder am Schinken!" Mama erhob drohend ihren Zeigefinger.

„Das ist alles für das Weihnachtsessen. Wir können zwei Dosen mit Würstchen oder Rindfleisch aufmachen, das muss genügen."

Jan maulte ein wenig, gab sich dann aber doch mit Kartoffelchips und Würstchen zufrieden. Eusebia verzog angewidert das Gesicht, und Mama setzte seufzend Schnee im Kessel auf.

Ich bekam einen Stapel Teller in die Hand gedrückt und verzog mich, um den Tisch schon mal zu decken. Die Ghule verschwan-

den einer nach dem anderen in den Keller, wo sie vermutlich ihr eigenes Essen schnabulierten.
Spät am Abend wurde noch musiziert, Papa forderte Konstanze auf, Ruby schnappte sich Jan, und lachend tanzten wir diesmal alle zu den schluchzenden Klängen der Geige in den 24. Dezember hinein.

Am nächsten Morgen erwachte ich voller Aufregung. Endlich war der 24. Dezember da! Nun hieß es noch Geduld haben bis zum Spätnachmittag. Und dann fiel es mir wieder ein. Wir waren eingeschneit, es würden diesmal keine Geschenke unter dem Baum liegen. Trotzdem war ich mehr als gespannt, wie die Ghule dieses Fest wohl feierten. Ich sollte es bald herausfinden.
Meine Schwester schlief noch, und so machte ich mich leise fertig und schlich allein nach unten. Vorsichtig öffnete ich das Fenster und füllte den Wasserkessel mit Schnee. Aber natürlich war das Feuer im Ofen längst ausgegangen, und es war lausig kalt in der Küche. Ich hatte keine Ahnung, wie man ein Feuer machte, aber ich legte Holz in die Luke und obendrauf reichlich Zeitungspapier, dann zündete ich alles mit einem Streichholz an. Es qualmte und stank entsetzlich. Was nun?
Panisch raste ich nach oben und riss die Tür zum Schlafzimmer meiner Eltern auf.
„Mama, das Feuer schwelt, es ist schon alles voller Rauch", rief ich laut. Papa grunzte und zog die Luft mit einem tiefen Schnarcher ein, doch meine Mutter meinte beruhigend: „Sabrina, hast du schlecht geträumt? Hier ist kein Feuer." Damit wollte sie sich wieder hinlegen.
„Doch, ich habe versucht, den Herd anzukriegen", gestand ich kleinlaut.
Jetzt war auch mein Vater wach. Jan schlief weiter, tief und fest.
„Du hast WAS? Weißt du eigentlich, wie spät es ist?" Gähnend sah Papa auf seine Armbanduhr.
„Noch nicht mal 7 Uhr ..."

Mutter war bereits auf dem Weg nach unten, mich im Schlepptau.
„Was hast du dir nur dabei gedacht?!" Hustend riss sie das Küchenfenster auf. Dann öffnete sie kopfschüttelnd die Ofenklappe und ruckelte ein paarmal mit einem Schürhaken in der schwelenden Asche. Plötzlich loderte ein helles, warmes Feuer auf.
„Versuch das nicht noch mal, verstanden?", schimpfte sie.
Nein, das würde ich ganz bestimmt nicht tun.
Sie erklärte mir dann noch etwas über Feuer, das Sauerstoff braucht, um sich zu entfalten. Ich hatte unter anderen Fehlern die Klappe zu früh geschlossen. Das leuchtete mir ein.
„Für ein Frühstück ist es noch zu früh. Wenn du Hunger hast, dann musst du dir alleine etwas machen", entschied sie und schloss das Fenster.
„Ich wollte euch doch überraschen", sagte ich enttäuscht.
„Naja, irgendwie ist dir das ja auch gelungen", meinte sie und zwinkerte mir zu. Puh, alles wieder in Butter.
Ich beschloss, mich auch wieder hinzulegen, um mich aufzuwärmen, nur ein paar Minuten.
Kurz darauf rüttelte mich Angela unsanft.
„Willst du heute gar nicht mehr aufstehen?" Schlaftrunken richtete ich mich auf.
„Es ist bereits 11 Uhr und ..." Entgeistert sah sie mich an.
„Hast du etwa in Klamotten geschlafen?" Ich hatte keine Lust, ihr irgendwelche Erklärungen abzugeben und hoffte nur, dass Mama dicht hielt.
Die saß bereits mit Papa und Jan am gedeckten Frühstückstisch.
„Ich dachte ja, heute wollte mal wer anders das Frühstück zubereiten", sagte sie spitz, doch in ihren Augen blitzte der Schalk.
„Bertram, musst du nun auch schon während des Frühstücks unbedingt rumkritzeln?" Tadelnd wandte sie sich meinem Vater zu, der blitzschnell das kleine Heft zuklappte, als jetzt unsere Gastgeberfamilie die Treppe herunterkam. Schade, so konnte

ich keinen Blick mehr auf sein Werk werfen. Vielleicht ein Weihnachtsgedicht? Ich zuckte die Schultern und wandte mich wieder meinen Keksen mit Erdbeermarmelade zu.
Wir tafelten ausgiebig, und irgendwann sagte Ruby: „Kommt, wir machen eine Schneeballschlacht."
„Wie denn das?", protestierte ich. „Der Schnee liegt so hoch, dass wir drin versinken würden."
Eugen schüttelte den Kopf: „Nicht auf der überdachten Terrasse hinterm Haus."
Jan war sofort Feuer und Flamme, Angela zauderte und Papa meinte, er habe noch zu arbeiten. Damit verzog er sich nach oben. Mama machte den Vorschlag, einen Schneemann zu bauen, und da erklärte sich auch Angela bereit mitzumachen.
Die Ghule waren in ihren Puschen und Schlafanzügen draußen, sie schienen nie zu frieren. Wir hingegen hatten unsere Stiefel und Jacken an.
Es wurde ein lustiger Nachmittag. Ab und zu hatte ich das Gefühl, dass ein oder zwei Ghulkinder plötzlich verschwanden, dachte mir aber weiter nichts dabei. Ich wechselte zwischen Schneeballschlacht und Schneemannbau hin und her. Vor allem die Ghule waren ganz begeistert von unserem Kunstwerk.
„Was nehmen wir denn als Nase? Wir haben keine Karotte. Und einen Zylinder brauchen wir auch", überlegte Angela laut.
„Eine Kartoffel", schrie Jan begeistert und wollte in die Küche verschwinden.
„Nein, warte. Wir holen sie und auch einen Zylinder aus dem Keller!" Schon waren Rupert und Ruby verschwunden.
Nach geraumer Zeit brachten sie einen Schal, einen Zylinder und drei Kartoffeln, zwei kleine als Augen und eine große als Nase. Der Schneemann sah lustig aus, als er fertig war. Durch die Kartoffel hatte er eine richtige Knollennase und wir mussten lachen. Langsam wurde es dunkel und ich wunderte mich, wo die Zeit geblieben war.
„Zeit reinzugehen", stellte Mama fest. Auf unserem Weg in die Halle hinterließen unsere Gastgeber nasse Spuren. Wir hatten

uns blitzschnell der Stiefel entledigt und unsere warmen Hausschuhe angezogen.
Vater zündete gerade die Kerzen am Baum an, und als alle brannten betätigte Jeremias die Klingel an der Rezeption, und das schnarrende Geräusch ließ uns alle zusammenfahren.
„Bescherung", krächzte er mit seiner heiseren Stimme. Womit denn bescheren? Unsere Geschenke waren doch im Auto.
Aber da ging es dann auch schon los, ehe ich recht zur Besinnung kam.
Erasmus kam die Kellerstufen hochgestapft. Gebeugt trug er einen Jutesack auf seinem Buckel. Wäre der Weihnachtsmann persönlich hier hereingeschneit, hätte ich nicht mehr gestaunt.
Schwer atmend setzte der alte Ghul den Sack ab und öffnete ihn mit geheimnisvollen Blicken.
„Wart ihr denn auch alle artig?" Prüfend sah er in die Runde.
„Ansonsten habe ich nämlich noch etwas anderes dabei." Drohend schwang er eine Rute durch die Luft.
Jan kicherte leise, und mir lief ein kleiner Schauer über den Rücken, wir hatten alle unglaublich viel Spaß, das konnte ich auch an den leuchtenden Augen der Ghulkinder sehen.
„Jan, so komm einmal her zu mir", sagte unser Ghul-Weihnachtsmann. Meinem Bruder verging das Lachen, und mit ängstlichem Blick auf die Rute schlich er langsam auf Erasmus zu, der jetzt tief in den Jutesack griff und einen wunderschönen schwarzen Zylinder daraus hervorzauberte. Lächelnd stülpte er ihn Jan über den Kopf, der sich unter lautem Klatschen strahlend bedankte. Dieser Kopfschmuck passte wie angegossen und rutschte nicht übers Gesicht.
Dann wurde ich aufgerufen und, ich wagte kaum zu atmen, da war es, das wunderschöne grüne Kleid, das ich im Keller anprobiert hatte. Freudestrahlend nahm ich es entgegen und brannte darauf, es überzuziehen. Aber erst musste ich noch schaun, was für die anderen im Sack war.
Angela bekam eine Kette aus funkelnden blauen Steinen um den Hals gelegt und drehte sich geziert damit in alle Richtungen.

Wieder ertönte Beifall, und dann war die Reihe an Mama. Sichtlich erfreut nahm sie ein kleines grünes Medaillon entgegen. Papa bekam ein kleines Etui, und als er es öffnete war ein uralter Füller darin verborgen.
„Weil du doch so gern schreibst." Erasmus klopfte meinem verblüfften Vater freundschaftlich auf den Rücken, da er die Schulter nicht erreichen konnte.
„Ich werde ihn in Ehren halten", versprach Papa ganz gerührt.
Ruby musste vortreten, und Erasmus zückte seine Rute.
„Wie ich gehört habe, bist du die unartigste von allen", sagte er streng. Ruby kreischte und kicherte dann, als sie einen knallroten Wollpullover überreicht bekam. Alle Ghule bekamen etwas Gestricktes, da gab es eine bunte Palette an Westen, Jacken und Pullis in allen Farben.
„Damit ihr nicht immer nur in den sogenannten Schlafanzügen herumlaufen müsst", erklärte Erasmus, bevor er sich zufrieden lächelnd seine neue grüne Weste überzog.
Wir standen da mit leeren Händen und sahen uns peinlich berührt an. Doch was hätten wir den Ghulen auch schenken können?
„Sabrina, musstest du jetzt das neue Kleid überziehen?", rügte Mama. „Du solltest mir beim Essen machen helfen."
„Halt, ich habe auch noch eine Kleinigkeit für euch", ertönte Papas Stimme. Ich erkannte das kleine Heft in seiner Hand. Aha, endlich würde ich erfahren, was es damit auf sich hatte.
Dankend nahm Erasmus es entgegen und blätterte darin.
„Das ist ja wunderschön", sagte er bewegt und reichte es an Konstanze weiter. Es machte die Runde, und ich brauchte eine Engelsgeduld, bis die Reihe an mir war. Aber dann sah ich es endlich. Papa hatte jeden Ghul einzeln porträtiert, darüber stand:
HERZLICHEN DANK AN UNSERE LIEBEN GASTGEBER
Und dann zum Schluss ein eingeklebtes Familienfoto von uns mit der Überschrift:
ZUR ERINNERUNG AN FAMILIE KOHLMANN

Hier und da wischte sich ein Ghul verstohlen eine Träne aus dem Auge, und dann brach ein Beifall los wie noch nie.
Der Abend war gerettet. Ich zog das Kleid aus und folgte Mama mit Angela in die Küche. Eusebia hatte schon Kartoffeln aufgesetzt, und jetzt merkte ich plötzlich, dass ich Hunger hatte. Seit dem Frühstück hatten wir ja schließlich auch nichts mehr zu beißen gehabt.
Schinken und Wurst wurden in hauchdünne Scheibchen geschnitten, Mama bereitete die Pilzsoße aus der Suppentüte zu, und Angela öffnete mehrere Dosen mit Bohnen und Obst. Ich rannte mit Tellern und Besteck mehrmals in die festlich geschmückte Halle, und dann half mir meine Schwester, das Geschirr auf dem Tisch zu verteilen. Mir graute bei der Vorstellung, schon wieder Tee oder Nescafé trinken zu müssen, doch Mama hatte eine bessere Idee. Sie hatte inzwischen den Saft aus den Obstkonserven mit geschmolzenem Schnee vermischt und in zwei Glaskaraffen gegeben. Die Ghule bevorzugten reines Wasser aus dem Kessel. Sie aßen reichlich Kartoffeln mit Schinken und Salami, rührten aber weder Bohnen noch Fruchtcocktail an. Auch die Pilzsoße durften wir alleine essen, die schmeckte übrigens hervorragend zu den Kartoffeln und dem Schinken. Ich kann guten Gewissens sagen, dass ich an diesem Abend weder Kekse noch Schokolade oder Marzipankartoffeln vermisst habe.
Nach dem Festmahl wurde wieder musiziert. Erasmus geigte was das Zeug hielt. Doch diesmal erklangen keine wilden Tanzrythmen sondern Lieder wie 'Stille Nacht, heilige Nacht'. Und alle sangen mit, der eine wohlklingend, der andere weniger schön, doch jeder gab sein Bestes. Weihnachtslieder aus den Kehlen der Ghule, wer hätte sich das je träumen lassen. Und so ging der Heilige Abend besinnlich und feierlich seinem Ende zu.

Am Morgen erwachte ich von einem ungewohnten Geräusch. Plitsch platsch ... plitsch platsch. Noch ganz verschlafen taumelte ich zum Fenster und lugte hinaus. Aha, pünktlich zu Weihnachten schmolz der Schnee, wie konnte es auch anders sein.

Missmutig überlegte ich. Das veränderte die ganze Situation. Sicher würden wir nun wegfahren und noch zwei langweilige Tage bei Tante Minna verbringen. So ein Mist! Meine Weihnachtslaune war dahin.

Jemand klopfte an die Tür, und kurz darauf erschien Jan.

„Der Schnee taut weg!", rief er gut gelaunt.

„Nun können wir unsere Geschenke aus dem Auto holen!" Ach ja, die Geschenke ...

Konnten sie das grüne Kleid übertreffen? Ein bisschen neugierig war ich schon, das musste ich mir selbst eingestehen.

„Weißt du auch, was das bedeutet?", fragte ich meinen Bruder.

„Mama wird darauf bestehen, dass wir nach dem Frühstück oder noch davor unsere Sachen packen und dann geht es ab zu Tante Minna."

„Au Backe, daran hab ich ja gar nicht gedacht", entfuhr es Jan.

Angela rekelte sich und brummte etwas.

„Was? Ich versteh dich so schlecht!", brüllte Jan ihr ins Ohr und versuchte, ihr die Decke wegzuziehen. Angela keilte mit dem Fuß aus und traf Jan voll an der Stirn.

„Spinnst du? Wenn das ins Auge gegangen wär!", schrie er und rieb sich den Kopf.

„Dann lass mich doch einfach in Ruh", fauchte meine Schwester zurück.

„Das gibt ein Muckenhorn", grinste ich vergnügt. Und schon ging die Tür auf.

„Was ist denn hier los?! Seid ihr noch ganz gar, hier am Morgen so einen Krach zu veranstalten?" Mama war richtig sauer. Das fing ja gut an. Ich ahnte nichts Gutes.

Doch es sollte anders kommen.

Als wir alle am Tisch saßen, erklärte Papa, dass er noch eine Überraschung für die Ghule geplant hatte. Er wollte versuchen, sie alle in unser recht geräumiges Auto zu quetschen und mit ihnen in die Stadt zu fahren, jetzt wo die Straßen bald wieder frei sein würden. Er hatte ihren Herzenswunsch nicht vergessen. Bei dem Wetter und den feiertags geschlossenen Geschäften

würde dort nichts los sein, und so würden sie niemandem auffallen, wenn sie die festlich geschmückten Schaufenster ansehen würden. Mama war sofort einverstanden, und wir Kinder jubelten, vor allem weil wir nun doch noch etwas bleiben konnten. Außerdem beschlossen wir, die Geschenke vorerst im Kofferraum zu lassen.
Unsere Gastgeber kamen kurze Zeit später die Treppe herunter und waren total begeistert von dem Plan. Konstanze wollte bei uns im Haus bleiben, sie kannte die Stadt ja bereits, und so würde es nicht so eng im Auto werden, zumal die Ghule ja klein waren. Die Kinder konnten im Falle einer Polizeistreife rechtzeitig nach unten abtauchen.
So kam es, dass sich Erasmus gegen Mittag strahlend auf den Beifahrersitz setzte. Er bekam ein extra dickes Kissen untergelegt, damit er überhaupt vorn durch die Scheibe gucken konnte. Jeremias und Eusebia nahmen hinten ihre quirligen Kinder zwischen sich, und dann ging es auch schon los.
Zu diesem besonderen Anlass hatten die Ghule sich ganz besonders schick zurechtgemacht und allesamt ihre neuen Pullover und Westen übergezogen. Nur wenn sie ausstiegen, würde man die Puschen und die Schlafanzughosen sehen.
Mama, Konstanze, Angela, Jan und ich gingen zurück ins Haus, und die Ghuloma erzählte uns von ihrer Tätigkeit in der Nahrungsmittelindustrie und vom Leben auf dem Dorf, wo sie sich recht wohl fühlten bevor das Mädchen verschwand und man ihnen die Schuld daran gab. Sie erzählte Trauriges und Lustiges, und so verging die Zeit wie im Fluge. Ich wunderte mich, wie schnell die Abenddämmerung hereinbrach und Vater mit den anderen zurückkehrte.
Nun gab es noch mehr zu erzählen. Die Wangen der sonst so bleichen Ghulkinder glühten vor Aufregung, wenn sie abwechselnd von den großen Straßen und weihnachtlich geschmückten Plätzen berichteten. Die riesigen Schaufenster hatten es ihnen besonders angetan. Was gab es da alles zu entdecken!
„Ist euch denn niemand begegnet?", fragte Jan neugierig.

„Doch, einmal kam uns ein älteres Ehepaar entgegen. Das traute seinen Augen kaum. Der Mann nahm immer wieder seine Brille ab und putzte sie, und die Frau schüttelte den Kopf und beklagte sich über den moralischen Verfall der Jugend und wie die doch heute alle rumlaufen würden. Zu ihrer Zeit hätte es so etwas nicht gegeben." Papa prustete laut los und musste sich erst wieder beruhigen, bevor er fortfuhr: „Und als Krönung kamen genau in diesem Moment ein paar Punks mit rot- und grüngefärbten Haaren um die Ecke. Aber ich muss sagen, die kümmerten sich nicht um unser Aussehen. Die Gesichter des Ehepaares werde ich nie vergessen!"
Jetzt lachten alle. Papa legte eine große Tüte auf den Tisch.
„Und das haben wir euch mitgebracht."
„Hamburger, Fritten und Cola", jubelte Angela.
„Aha, der Mc Donald Drive in hatte also geöffnet", stellte Mama grinsend fest. Es war nur für uns, keiner der Ghule wollte etwas abhaben. Aber das machte nichts, wir ließen es uns schmecken, und später würde es ja wieder Kartoffeln mit Schinken für alle geben. Da würden dann auch unsere Gastgeber auf ihre Kosten kommen.
Wir freuten uns jedenfalls auf einen gemütlichen Abend. Doch wie heißt es so schön? Erstens kommt es anders und zweitens als man denkt.
Wir Kinder spielten gerade ein seltsames Kartenspiel, bei dem es darum ging, die Damen und Könige vom gleichen Blatt auf einer Hand zu vereinen und Mama bereitete mit Eusebia das Abendessen vor, da klopfte es von draußen energisch an der Tür.
Jeremias öffnete und …
Ich stieß Angela an und flüsterte: „Der Typ vom Gemälde oben."
„Der mit der Hakennase", raunte sie zurück. Schlagartig hatte sich die Stimmung verändert.
„Darf ich vorstellen? Der Graf von Drachenfels, Besitzer des Luhg Holiday und seine Gattin Gräfin von Drachenfels" sagte Jeremias leise.

Der große Mann im schwarzen Umhang musterte uns mit intensiven Blicken aus seinen stechenden Augen, während Jeremias ihm unsere Namen nannte.

Die Gräfin hatte langes rotes Haar und eine fast durchscheinende Haut. Die anderen Ghule hatten sich wie zu unserem Schutz um uns geschart. Mit den beiden Vampiren war eine besondere Art von Kälte ins Haus gekommen, die mich fast erstarren ließ. Für einen Moment ruhte der Blick des Grafen auf mir, und ich hatte das Gefühl, in seinen plötzlich goldbraun schimmernden Augen zu versinken. Welch ein Mann! Meine Knie wurden weich, und ich suchte nach Halt. Dieses seltsame Schwindelgefühl, war es so wenn …?

„Schau ihm nie direkt in die Augen, du weißt doch, dass er ein Energievampir ist", flüsterte Ruby und zog mich fort. Das war es also, so fühlte es sich an, wenn einem langsam die Energie abgezapft wurde.

Ruby erklärte es mir noch einmal ganz deutlich: „Es ist wie eine Hypnose, auf diese Art und Weise können sie alles von dir bekommen, du kannst dich nicht wehren, nicht mehr klar denken. Und du wirst immer schwächer, dein Lebenswille ermattet." Ich nahm mir vor, meine Familie zu warnen.

„Ist so etwas mit den Menschen passiert, die ihr begraben habt?", fragte ich. Ruby nickte.

Wir setzten uns an den Tisch, der inzwischen gedeckt war, und zu meinem Entsetzen hatten auch die Vampire Platz genommen.

„Der Schinken schmeckt vorzüglich, nicht wahr meine Liebe", wandte sich der Graf an seine Frau. „Dazu habe ich ja noch einen besonders edlen Tropfen." Wie von Zauberhand stand plötzlich eine Flasche mit Rotwein auf dem Tisch.

„Holunder", murmelte Mama. Erst jetzt merkte ich, dass sie völlig weggetreten war. Ich flüsterte Angela ins Ohr, dass sie dem Grafenehepaar auf gar keinen Fall in die Augen sehen sollte, und auch Jan war bereits durch Ruby informiert. Und Papa? Der hing förmlich an den Lippen der Gräfin und trank mit glän-

zenden Augen von dem Wein. Das war ja mehr als unheimlich. Wie sollte ich meine Eltern nur warnen?
„Wir müssen hier weg, so lange es noch geht", raunte ich Angela zu.
„Ein bemerkenswertes Medaillon, das Sie da um den Hals tragen, Verehrteste", säuselte der Graf und sah Mama lange und eindringlich in die Augen. Die wurde doch tatsächlich auch noch rot, wie ich im Licht der flackernden Kerzen sehen konnte.
Graf von Drachenfels, der besonders dem Schinken und der Salami sehr gut zusprach, wandte sich jetzt an Erasmus: „Wie laufen die Geschäfte?"
Der Angesprochene räusperte sich verlegen: „Schlecht mein Herr, ab und zu mal eine Ghulfamilie, die sich ins Luhg Holiday verläuft. Wir können mit der Konkurrenz nicht mehr mithalten, selbst Ghule ziehen heutzutage einen Aufenthalt in einem dieser modernen All-inclusive Hotels vor."
Ich fragte mich, woher er etwas über die modernen Hotelketten wusste, doch er sprach bereits weiter.
„Unser Freund Bertram hier hat mir eine vielversprechende Idee unterbreitet." Er klopfte Papa auf die Schulter.
„Ich bin ganz Ohr", sagte der Vampir, und plötzlich verstummte jede weitere Unterhaltung in der Halle.
„Es würde das Geschäft erheblich ankurbeln, wenn wir aus dem Hotel eine Art Künstlertreff machen würden. Vielleicht sogar im internationalen Rahmen."
Jetzt meldete sich erstmals Konstanze zu Wort.
„Ich halte das für eine gute Idee. Stellt euch vor, Künstler aus aller Welt, die hier ihre Werke ausstellen oder Konzerte vor einem erlesenen Publikum geben."
Der Graf nickte: „Das wäre wie in alten Zeiten. Wunderbar!" Er wandte sich an seine Frau: „Was meinst du dazu Samaritana?"
Die nickte begeistert:
„Oh ja, damit käme wieder frisches Leben ins Haus." Verwirrt dachte ich, dass mir dieser Satz irgendwie bekannt vorkam, hatte ich ein Déjà-vu?

„Gut, das wäre also beschlossene Sache." Er fixierte meinen armen Vater. „Eine ganz hervorragende Idee, lieber Bertram."
Ruby flüsterte Erasmus etwas ins Ohr. Der machte erst ein abwehrendes Gesicht, nickte dann aber.
„Was die Finanzierung angeht … im Keller befinden sich noch die alten Kisten und Truhen voller Schmuck und Kleider aus vergangenen Zeiten, die sicher …"
„Ich weiß, wertloser alter Plunder. Nein, über die Finanzierung müsst ihr euch keine Sorgen machen, lasst das mal mein Problem sein."
„Dann könnte doch das Personal die mittelalterliche Kleidung und den Schmuck tragen", platzte es aus mir heraus, und erschrocken biss ich mir, unter dem durchdringenden Blick des Grafen, der jetzt auf mir ruhte, auf die Lippen.
„In der Tat. Das wäre eine besondere Attraktion und würde das Hotel hervorheben", kam mir Konstanze zu Hilfe.
„Tritt einmal vor, junge Dame", sagte der Herr des Hauses mit ruhiger aber bestimmter Stimme. Ich traute mich nicht, den Befehl zu verweigern und machte mit gesenktem Blick einen Schritt auf ihn zu. Nur nicht in seine Augen sehen, befahl ich mir.
Der Mann hatte eine ungeheure Ausstrahlung. Jetzt legte er mir seine Hände auf die Schultern und sagte wohlwollend mit tiefer und samtener Stimme: „Du bist mutig und klug. Aus dir wird mal etwas ganz Besonderes, das fühle ich. Deine Stärke wird euch führen."
In diesem Moment fühlte ich mich alles andere als mutig. Ich war ihm ausgeliefert, auch ohne Blickkontakt zog er mich in seinen Bann. Ich atmete tief durch. Wenn aus mir etwas Besonderes werden sollte, würde er mir vielleicht doch nicht meine Energie absaugen und mich töten. Aber wie weit konnte ich ihm vertrauen, und was hatte er mit meiner Familie vor? Der Zauber war vorbei, und er senkte die Hände.
Seltsam, ich fühlte mich nicht schlecht oder gar schwach. Deine Stärke wird euch führen, klang es in mir nach. Langsam hob ich

den Blick und sah ein warmes Lächeln in seinen honigfarbenen Augen. Der Bann war gebrochen.

Es wurde noch viel beratschlagt an diesem Abend. Erasmus, Jeremias, Konstanze, Papa und das Grafenehepaar arbeiteten eine Art Plan aus. Ich beobachtete den Grafen, der mich immer mehr faszinierte. Er sah wirklich blendend aus, und ab und zu traf mich sein Blick. Vergeblich versuchte Angela, mich wegzuziehen. Ich war etwas Besonderes, war ihm ebenbürtig. Das konnte sie nicht verstehen. Als es Zeit wurde schlafen zu gehen, stieg ich nur widerwillig die Treppe hinauf.

In der Nacht träumte ich merkwürdige Dinge. Es war unerträglich heiß und stickig im Raum, schweißgebadet erwachte ich und öffnete das Fenster. Laue Luft strich herein. Und dann kamen sie, hunderte von Fledermäusen, sie waren überall, krallten sich in mein Haar. Ich wollte schreien, doch es ging nicht. Ich schlug wie wild um mich. Plötzlich fühlte ich eine kühle Hand auf meiner Stirn.

„Ruhig, ganz ruhig", sagte eine dunkle samtene Stimme. Der Graf. Ich schlug die Augen auf und sah in seine Augen.

„Komm mit mir", sagte er und reichte mir die Hand. Er zog mich mit sich. „Ich zeige dir, wie man fliegt..."

Jemand rüttelte mich. Nicht jetzt, nein. Ich wollte doch fliegen ...

„Ihr müsst weg, solange sie schlafen", sagte eine Stimme an meinem Ohr. Ruby.

Meine Schwester war schon angezogen.

„Nein, ich will nicht. Lasst mich hier", flehte ich.

Doch sie duldeten keinen Widerstand. Ich hatte noch Zeit, mich anzukleiden und meine Sachen zu packen, das grüne Kleid zuoberst, damit es nicht gedrückt wurde. Auf dem Flur warteten meine Eltern mit Jan. Erasmus und Konstanze hinderten Mama energisch daran, wieder ins Zimmer zurückzugehen.

„Ich will noch schlafen, aber es muss ja dann wohl sein", murmelte Papa müde. Jan und Angela schienen möglichst schnell fort zu wollen, so kam es mir jedenfalls vor.

Kurz vor der Treppe kamen wir an dem Portrait des Grafen von Drachenfels vorbei.

„Ich komme wieder", flüsterte ich ihm zu, und es war mir, als ob er mir verschwörerisch zuzwinkerte.

Dann wurde ich zur Haustür geschoben. Die Sonne war gerade aufgegangen, und mich störte das grelle Licht in meinen Augen. Neben unserem Wagen parkte eine schwarze Limousine mit verdunkelten Fensterscheiben. Ich wurde von jedem Ghul einzeln umarmt und zwischen meinen Geschwistern auf dem mittleren Rücksitz platziert. Papa setzte sich zögernd ans Steuer, und Mama wurde mit sanfter Gewalt auf den Beifahrersitz verfrachtet und angeschnallt, sie wehrte sich und wollte partout nicht weg. Ich hatte mich meinem Schicksal inzwischen gefügt und nahm alles nur noch unbeteiligt, wie aus der Ferne wahr. Die herzliche Verabschiedung der Ghule, das Versprechen Jans: „Wir kommen wieder!" und die holprige Fahrt den Waldweg hoch bis zur Einfahrt auf die Autobahn. Ich drehte mich noch einmal um und sah unsere Gastgeber winkend auf der Holztreppe stehen. Weiter oben an einem der Fenster im ersten Stock sah ich einen dunklen Schatten. Da wusste ich, er war da. Ich war nicht allein, er würde auf mich warten.

Ende

Auf Wiedersehen im Luhg Holiday

Es sollte fast sieben Jahre dauern, bis ich das Luhg Holiday wiedersah. Im Laufe der Zeit war die Erinnerung verblasst, fast wie in einen Nebel getaucht. Das normale Leben nahm seinen Gang und ließ die Ferien in dem Hotel bald nur noch wie einen seltsamen und unwirklichen Traum erscheinen. Jahrelang hatte ich Stillschweigen bewahrt und nicht einmal meine beiden besten Freundinnen ins Vertrauen gezogen.

Nebel zog auch jetzt auf, aber der war ziemlich real. Bettina, kurz Betty genannt, saß am Steuer des kleinen Renaults 5, denn sie war die einzige unter uns, die bereits einen Führerschein hatte. Das knallrote Auto war ein Geschenk ihrer Eltern zum gerade noch so bestandenen Abitur. Betty war keine Leuchte und dazu noch ziemlich faul. Aber ihre Eltern hatten genug Knete und eine eigene Firma, also wurde die einzige Tochter auch für schwache Leistungen mehr als großzügig beschenkt.

Ich saß auf dem Beifahrersitz und versuchte, die Landkarte zu studieren, was gar nicht so einfach war unter diesen Umständen. Zum Abi hatte ich nichts bekommen, obwohl mein Abschluss weitaus besser war als der von Betty. Meine Eltern waren immer knapp bei Kasse, das alte Familienauto musste für uns alle reichen. Dafür hatte ich aber freie Berufswahl. Für mich stand fest, dass ich Kunst studieren wollte. Am liebsten würde ich in alten Kirchen und Schlössern Wand- und Deckengemälde restaurieren. Zu Hause schmückten meine selbstgemalten Bilder den Treppenaufgang, und Mama zeigte den zahlreichen Besuchern stolz meine Kreationen mit den Worten: „Das hat meine Tochter gemalt. Hat sie nicht Talent?" Wenn Mama für etwas Feuer und Flamme war, dann duldete sie keinen Widerspruch, was mir natürlich den Weg zu meinem Berufsziel ebnete. Papa hatte nicht allzu viel zu sagen, er war ein zerstreuter Schriftsteller, der nur unwillig aus den von ihm erschaf-

fenen Welten wieder in der Realität auftauchte. Sein Kommentar war kurz: „Passt doch!"
Hinter mir saß unsere Professorin, die wir nicht nur wegen ihrer Brille mit Horngestell so nannten. Gudrun wollte Lehrerin werden und war stets damit beschäftigt, sich irgendwie weiterzubilden. Im Moment löste sie gerade ein Sudoku. Sie könnte als Streberin gelten, wenn sie nicht so gutmütig und hilfsbereit wäre. Ihr ganzer Ärger war ihre etwas zu pummelig geratene Figur. Für eine Diät aß sie aber einfach zu gern. Vor allem Kuchen und Schokolade. Kontaktlinsen lehnte sie generell ab. „Sowas prokel ich mir doch nicht in meine Augen. Die brauche ich schließlich noch", war ihre ruhige Antwort auf Bettys Vorschlag, die wie immer viel Wert auf Äußerlichkeiten legte.

„Lehrerin, pah! Ich für meinen Teil habe die Nase gründlich voll vom Schulbankdrücken", betonte sie verächtlich.

„Was würdest du denn machen wollen, wenn du die Wahl hättest?", fragte Gudrun neugierig. Betty zuckte die Schultern.

„Vielleicht Meeresbiologin oder Kampfpilotin, was weiß denn ich?!"

Ich musste lachen. Betty als Kampfpilotin!

„Das würde deiner Frisur sicher nicht gut bekommen", grölte ich. Doch dann fand ich es gemein von mir. Betty konnte sich nicht aussuchen, was sie machen wollte. Von ihr wurde erwartet, dass sie in die Immobilienfirma ihres Vaters einsteigen würde. Jetzt drehte sie die Musik auf volle Lautstärke und sang mit: „Die Sonne scheint bei Tag und Nacht, Eviva España ".

„Du hast wohl schon einen Sonnenstich! Achte lieber auf die Straße", warnte ich sie. Wir waren unterwegs in die Ferien. Vier Wochen mit dem Auto durch Frankreich und Spanien, bevor der Ernst des Lebens begann.

Der Nebel hatte sich verdichtet. „Betty, der Baum!", schrie ich.

„Daaa", gurgelte sie noch, dann kam auch schon der Aufprall.

Ich sah in zwei Augen, die mir seltsam bekannt vorkamen. Stechende Blicke. Mein Kopf schmerzte.

„Ich bin zurück", murmelte ich benommen.

„Das will ich hoffen", sagte eine melodische Stimme dicht an meinem Ohr. Sanfte dunkelbraune Augen schwebten über meinem Gesicht. Das war nicht ER. Nicht SEINE Augen. Ein wenig enttäuscht sah ich zur Seite. Neben mir hockte Gudrun. „Meine Brille ist weg, ich kann sie nirgends finden", klagte sie. Betty stand neben dem leicht ramponierten Auto und betrachtete sich im Seitenspiegel. „Glück gehabt, aber diese Beule steht mir gar nicht gut zu Gesicht." Sie fuhr sich seufzend mit der Hand über die Stirn.

„Ihr seid frontal gegen die Eiche gefahren."

Ich schaute den Mann mit der dunklen Stimme, in der ein leichter Akzent lag, erstmals richtig an. Schwarzes, borstiges Haar, gebräuntes Gesicht und Vollbart. Sicherlich ein Südländer, und ein attraktiver noch dazu.

„Gestatten, Dimitri Wolkow, Mediziner", stellte er sich kurz und bündig mit einer leichten Verbeugung vor. In seinen Augen blitzte dabei der Schalk. ‚Ein Russe also', dachte ich.

„Wir haben zwei Möglichkeiten. Entweder fahre ich euch in das nächste Krankenhaus, das allerdings doch ziemlich weit weg ist, oder ich untersuche euch kurz selbst", sagte er.

Betty sah ihn zweifelnd an, und Gudrun fragte skeptisch: „Woher sollen wir wissen, dass Sie wirklich Arzt sind?" Ergeben hob er beide Hände. „Ok, ok, ich gebe es zu, ich studiere Medizin im dritten Semester. Aber eine Gehirnerschütterung kann ich schon feststellen." Er sah mich schmunzelnd von der Seite an.

„Es geht uns gut. Außerdem ist das nicht Ihr Problem", gab ich ihm zu verstehen.

„Na schön, wie ihr wollt. Nennt mich ruhig Dimitri. Und wie waren doch gleich die Namen der jungen Damen?"

„Die haben wir noch gar nicht genannt", murmelte Gudrun und schob die Unterlippe vor. Sie ähnelte jetzt ein wenig einem Karpfen.

Betty musterte Dimitri und warf dann kokett den Kopf zurück. „Ich bin Betty, das ist Sabrina und das da Gudrun", säuselte sie.

Ich musste lachen, obwohl mir der Schädel noch immer brummte. Irgendwo musste ich beim Aufprall gegengeschlagen sein.

„Der Nebel wird immer dichter, ich kenne ein gemütliches kleines Hotel in der Nähe, wo ihr übernachten könnt", schlug Dimitri vor.

Wir drei Mädels schauten einander an.

Dimitri sah nicht so aus, als würde er uns in eine Falle locken, dennoch war Vorsicht geboten, schließlich kannten wir den Mann ja nicht. Andererseits hatte keine von uns noch Lust, in dieser Brühe weiter zu fahren.

„Also gut", entschied Betty, „aber wir nehmen unser eigenes Auto."

„Das wäre sinnvoll. Ich fahre langsam voraus", bestätigte Dimitri grinsend und stieg in einen weißen Mercedes, den er am Waldrand geparkt hatte.

„Wie haben Sie uns überhaupt gefunden, Dimitri?", rief ich ihm noch nach.

„Nun ja, ich hörte einen Knall, und dann sah ich euren Wagen am Baum", brüllte er. zurück. Als ich mich in Bettys Auto setzte, ertönte ein leises Knacken.

„Ich habe deine Brille gefunden", sagte ich zu Gudrun und reichte ihr das zerbrochene Gestell und die beiden Gläser freundlich nach hinten.

„Besten Dank auch", antwortete sie trocken.

Wir saßen mit gemischten Gefühlen im Renault und folgten dem Russen. Zum Glück hatte unser fahrbarer Untersatz nichts weiter abbekommen und fuhr tadellos.

„Der sieht ja total süß aus! Findet ihr nicht auch?", schwärmte Betty plötzlich mit verdrehten Augen.

„Nix da, du hast Joachim", entfuhr es mir. Betty hatte als einzige von uns dreien eine feste Beziehung.

„Und wenn schon, der ist doch eh nicht hier", sagte sie schulterzuckend, während sie den Nebelscheinwerfern des weißen Wagens folgte.

Ich erkannte es erst, als es schon zu spät war. Im Nebel hatte ich den Wegweiser übersehen. Wir hielten direkt vor dem Luhg Holiday. Düster wie damals, so ragte es vor uns aus den wabernden Nebelschwaden auf. Ich fragte mich, ob es mich jemals bei freundlichem Sonnenschein begrüßen würde und verneinte innerlich. Ein Gesicht erschien am Wagenfenster, und ich zuckte zusammen.
„Wir sind da! Willkommen im Luhg Holiday!", rief Dimitri fröhlich und eilte uns voraus. Wir holten unser Gepäck aus dem Kofferraum und folgten ihm langsam. Die grün gestrichene Tür hatte sich einen Spalt weit geöffnet, und da stand er: Jeremias. Der Ghul hatte sich kein bisschen verändert und hielt genau wie damals eine Laterne in der Hand. Inzwischen gab es zwar Strom und fließendes Wasser, wie ich von meinem Vater wusste. Denn der hatte den Plan mit entworfen, und heute ist die alte gruselige Pension ein Künstler-Hotel mit Aufführungen, Konzerten und Ausstellungen von erlesenen Darbietern und Malern aus aller Welt. Dennoch bin ich nie wieder hierher zurückgekehrt und auch Mama nicht. Meine ältere Schwester Angela hat nach Amerika geheiratet, ich habe sie einmal zusammen mit meinem Bruder Jan besucht, in einem kleinen langweiligen Kaff in Texas, weit weg von der Küste. Sie hat einen farblosen Mann und einen quengeligen Sohn. Ich denke, die Familie war eben so froh wie wir, als wir nach drei öden Wochen wieder abflogen.

„Sabrina! Welch eine Überraschung! Willkommen zurück im Lugh Holiday" Das knitterige Männlein drückte mir freudestrahlend beide Hände und begrüßte dann höflich auch Betty und Gudrun. Dabei musterte er die beiden prüfend. Er hatte mich sofort erkannt nach all den Jahren. Hinter ihm tauchte ein kleiner Kopf mit wirren schwarzen Haaren auf, und kohlrabenschwarze Augen sahen mich freundlich an. „Ruby", rief ich, und mein Herz machte vor Freude einen Satz. Jeremias schüttelte den Kopf. „Das ist unser Nachkömmling Tatjana. Gell, die Kleine sieht genauso aus wie Ruby damals."

Tatjana steckte den Daumen in den Mund und verzog das Gesicht zu einem süßen Lächeln.
„Wo ist Ruby?", fragte ich.
„Kommt erstmal rein", krächzte Jeremias und führte uns in die Eingangshalle, die sich nicht sehr verändert hatte seit damals. Es gab dort jetzt zwar eine große Bühne mit Vorhang und mit dunkelrotem Samt überzogene Stühle. Doch die Fackeln an den Wänden sahen aus wie vor sieben Jahren.
‚Hier haben wir gemeinsam mit den Ghulkindern den Weihnachtsbaum geschmückt', dachte ich etwas wehmütig.
Hinter dem Vorhang wurden Stimmen laut: „Thusnelda, du stehst auf meinem Gewand. Es reißt, so pass doch auf!" „Rupert, nein, ich falle!" In dem Moment wurde der Vorhang wie von Zauberhand zu beiden Seiten gezogen und gab den Blick auf die Bühne frei. Drei Ghulkinder balgten sich am Boden, während der größere Junge bestürzt seinen smaragdgrünen Umhang betrachtete. „Rupert!", schrie ich und rannte mit ausgestreckten Armen auf ihn zu.
„Sabrina, wo kommst du denn her?" Er umarmte mich und trat dann sanft gegen die ringenden Geschwister. „Schaut mal, wer hier ist!" Thusnelda hatte sich hoffnungslos in ihr eigenes Gewand verwickelt und fiel immer wieder hin bei dem Versuch, auf die Beine zu kommen. Eugen stieß Damien energisch zu Boden und rappelte sich hoch. Er strahlte über das ganze Gesicht.
„Ihr habt euch ja gar nicht verändert, wie ist das möglich?!", fragte ich verwundert.
„Ja weißt du, wir Ghule altern nicht so schnell", grinste Damien, der nun auch endlich stand, und spuckte sich feierlich in die Hände, bevor er sie mir zum Gruß entgegenstreckte. Betty starrte uns fassungslos an und brachte nur ein heiseres „Igitt" heraus. Auch Gudrun hatte uns inzwischen erreicht und fand nichts außergewöhnliches, da sie ohne Brille sowieso nur einen verschwommenen Haufen Kinder sah. „Hallo ihr Kleinen, freut ihr euch über die Ferien?", fragte sie freundlich. Die „Kleinen" sahen sie an, als ob sie nicht alle Tassen im Schrank hätte, und

ich fand es an der Zeit, meinen besten Freundinnen endlich reinen Wein einzuschenken. Aber zuerst musste ich noch etwas wissen.

„Rupert, wo steckt eigentlich Ruby?" Der Junge sah mich aus seinen dunklen Augen ernst an.

„Ruby ist schon lange nicht mehr hier." Eine Mischung aus Enttäuschung, Verlust und Trauer stieg in mir hoch. Ruby war das erste der Ghulkinder gewesen, das uns damals begegnete und auch das freundlichste. Jan hatte sie zuerst in sein Herz geschlossen oder sie Jan, wie auch immer. Ich hätte sie gern wiedergesehen, in all der Zeit hat sie mir gefehlt, ohne dass es mir bewusst war.

„Wo ist sie denn? Ist etwas passiert?" Meine Stimme klang unsicher. Konstanze kam langsam und würdevoll die Stufen zur Bühne emporgeschritten. Ja, geschritten. Die Ghuloma war immer eine vollendete Dame gewesen. Jetzt umarmte sie mich und schaute mich gütig an.

„Ruby betreibt einen kleinen Schönheitssalon in der Stadt, sie kommt nur an den Wochenenden hierher." Sie schmunzelte. „Sie war immer das Klügste meiner Enkelkinder. Sie gerät eben ganz nach mir." Stolz blitzte in ihren Augen auf.

„Die kleine Ruby? Sie kann doch höchstens 10 oder 11 Jahre alt sein!", entfuhr es mir. Konstanze schüttelte lächelnd den Kopf.

„Lass dich nie durch das Aussehen eines Ghuls über sein Alter täuschen. Ruby ist etwa so alt wie du, Sabrina, eine hübsche junge Dame. Übrigens wirst du sie morgen sehen. Du und deine Freundinnen, ihr kommt gerade richtig zum Friday-Night-Gruselspecial."

Wir wurden auf die Zimmer verteilt, ich bekam ein Doppelzimmer mit Gudrun zusammen und stellte erfreut fest, dass es das Zimmer mit den weinroten Vorhängen war, in dem ich damals mit Angela Quartier bezogen hatte. Betty war zufrieden, dass sie das Zimmer mit den himmelblauen Gardinen nebenan ganz allein für sich hatte. Mit einem Hops landete ich auf dem wei-

chen Bett und strahlte über das ganze Gesicht. Gudrun stieß im Halbdunkel gegen einen Stuhl und fluchte halblaut.
„Siehst du wirklich so schlecht ohne die Brille?", fragte ich sie.
„Ohne die bin ich fast so blind wie ein Maulwurf", jammerte sie, „und ausgerechnet wieder der kleine Zeh! Wie oft hab ich mir den schon angehauen?!"
„Nimm die Brille nachher mal mit runter. Erasmus kann sie sicher reparieren." Ich fühlte mich ein wenig schuldig, schließlich hatte ich mich ja draufgesetzt.
Eine wohlige Müdigkeitswelle überkam mich.

Ich wurde wach, als es an der Tür klopfte. Verwirrt sah ich mich um. Betty trat ins Zimmer und sah grinsend auf uns herunter.
„Na, haltet ihr euren Schönheitsschlaf ab? Gut, dass ich sowas nicht nötig habe, sonst hätten wir heute sicherlich das Abendbrot verpennt."
Ich rieb mir gähnend die Augen, und im Bett neben mir richtete sich Gudrun stöhnend auf.
„Der Zeh tut so weh."
„Zeig mal her", sagte Betty und beugte sich hinunter. „Du meine Güte, der ist ja auf die Größe einer Saubohne angeschwollen, und blau ist er auch noch. Vielleicht ist er ja gebrochen", verkündete sie menschenfreundlich.
„So langsam langt es mir", antwortete Gudrun und humpelte in ihren Latschen zur Tür. Ich hatte meine Turnschuhe noch an, wie ich entsetzt feststellte. Nur Betty hatte sich umgezogen und frisch frisiert. „Wenn ihr dann salonfähig seid, können wir uns vielleicht hinunterbegeben", verkündete sie spitz. Mir war mein Outfit ziemlich wurscht, ich kannte ja die Ghule, die keinen Wert auf Äußerlichkeiten legten, naja, mal abgesehen von Konstanze. Gudrun war ohnehin mit ihrem Zeh beschäftigt.
„Hast du dein Nasenfahrrad?", fragte ich sie an der Tür. Nun ging es ans Suchen. Vergeblich, die Brille blieb unauffindbar.
„Vielleicht noch im Auto", brummelte Gudrun missmutig. Betty verdrehte die Augen.

Unten erwartete uns ein köstlich gedeckter Tisch. ‚Nicht zu vergleichen mit unserer ersten Mahlzeit hier', dachte ich und konnte mir ein Grinsen nicht verkneifen. Das musste ich den anderen unbedingt nachher erzählen, wie Jeremias mit dem Gruftikäse und dem verschimmelten Brot ankam.

Aber jetzt tafelten wir erst einmal ausgiebig. Dimitri saß ebenfalls am Tisch und biss herzhaft in eine Scheibe Brot, die dick mit Schinken und Käse belegt war. Es gab zudem verschiedene Säfte, gemischten Salat, Thunfisch aus der Dose, gekochte Eier, frische Butter und ein paar Wurstsorten. Man konnte merken, dass das Luhg Holiday jetzt öfter mal Gäste hatte.

Die Ghulkinder standen am Tisch und sahen uns zu. Tatjana kam zu mir und zupfte an meinem Ärmel. Mit ihren dunklen Augen sah sie mich auffordernd an. Ich hielt ihr ein Stück Brot mit Käse hin, doch sie schüttelte den Kopf. „Schinken?" Strahlend nahm sie ein dickes Stück entgegen und hielt es wie eine Maus in beiden Händen, um daran herumzuknabbern. Ich sah ihre kleinen spitzen Zähne, und wieder musste ich an Ruby denken. Morgen würde ich sie endlich wiedersehen.

Thusnelda eilte nun ebenfalls herbei und griff beherzt nach einem Stück Schinken. Jeremias kam herangeschlurft und schüttelte missbilligend den Kopf.

„Was sind denn das für Manieren? Ihr sollt euch abseits halten, wenn wir Gäste im Hotel haben."

„Das ist doch Sabrina! Und Dimitri ist eh einer von uns!", rief Rupert aus.

„Einer von euch?", fragte ich erstaunt. „Was meinst du damit?"

Rupert druckste herum. „Naja, er ist in unserer Künstlergruppe. Darf ich vorstellen: Dimitri Wolkow, Tenor."

„Uns hat er sich als Dimitri Wolkow, Mediziner vorgestellt", erwiderte ich trocken. „Oder treten Sie etwa als Sweeney Todd auf?", wandte ich mich an ihn.

Er schüttelte lächelnd den Kopf. „Nein, ich singe morgen in Rotkäppchen."

„Solltest du doch nicht verraten", maulte Eugen, „jetzt ist die ganze Überraschung dahin."
„Also, ich bin wirklich Student der Medizin. Das hier ist nur ein Hobby von mir", erklärte Dimitri. Betty himmelte ihn förmlich an. Auch das noch. Es ging mir auf den Senkel, und ich konnte nicht mal sagen, warum.
Gudrun verzog plötzlich angewidert das Gesicht und stieß einen spitzen Schrei aus.
„Eine Maus", kreischte Betty und sprang auf ihren Stuhl.
„Wo denn?", fragte ich irritiert.
„Na bei Gudrun!" Betty schüttelte sich vor Ekel, während die Ghulkinder sich fragend ansahen.
„Ist das scheußlich", jammerte Gudrun, „ich dachte, das ist Nutella!" Anklagend sah sie auf ihre Scheibe Brot.
„Zeig mal her", sagte ich, „das ist Olivenpaste." Ich prustete los, und die kleinen Ghule stimmten in mein Gelächter mit ein, während Betty beschämt von ihrem Stuhl kletterte.
„Hast du echt Angst vor Mäusen?", fragte Damien. „Schade, dann nehmen wir dich besser nicht mit in den Keller." Meine Freundin wurde noch eine Spur bleicher als sie ohnehin schon war. In der Ecke raunte jemand „Marzipanpüppchen", bevor das Gelächter erneut anschwoll.
„Ei, was freut ihr euch denn so?" Das war Erasmus. Ich sprang auf, rannte um den Tisch und umarmte ihn.
„Sabrina!", er schielte zu mir auf mit schief gelegtem Kopf. Sein Buckel war noch größer geworden, so schien es mir zumindest. „Dass ich dich noch einmal wiedersehe, wer hätte das gedacht?" Verstohlen wischte er sich eine Träne aus dem Auge.
„Wo ist eigentlich Eusebia?", fragte ich ihn.
„Die hat Küchendienst", feixte der Ghulopa und rieb sich vergnügt die Hände. Meine Freundinnen betrachteten die Szene mit Argwohn. Natürlich, das musste ihnen ja auch alles etwas seltsam vorkommen.
Nichts konnte mich noch aufhalten, die Küche lag gleich nebenan. Und da war sie, etwas träge wie immer, mit gleichmütigem

Gesichtsausdruck und einem unordentlich gebundenen Haarknoten. Doch jetzt blitzten ihre Augen auf, und sie umklammerte mich mit mehlbestäubten Händen.
„Was zauberst du denn dort Köstliches?", fragte ich sie und zeigte auf das Kuchenblech. In der Küche gab es inzwischen eine Veränderung, einen großen offenen Backofen, der mit Holz betrieben wurde. „Pasteten für morgen Abend", lautete die Antwort.
„Soll ich dir dabei helfen?", bot ich ihr an.
„Du bist Gast, das kommt ja gar nicht in Frage! Rupert und Thusnelda sind mir vorhin schon zur Hand gegangen."
„Ich, ein Gast? Ich gehöre doch schon fast zur Familie", protestierte ich lautstark. Da holte sie doch tatsächlich mit dem Nudelholz aus, das neben dem Blech lag. Entgeistert sah ich sie an.
„Damien, du bist doch wirklich ein ganz unmögliches Kind!" Die kleine Hand, die schon nach der Pastete gegriffen hatte, zuckte zurück. „Ghule essen keine Pasteten! Manchmal denke ich, man hat mir einen Kobold als Wechselbalg untergejubelt", seufzte sie und sah mich an. „Er ist kleiner als die anderen und hat nur vier Finger an jeder Hand und vier Zehen an jedem Fuß. Und er hat neuerdings einen regelrechten Japp auf Süßigkeiten entwickelt. Aber was soll es, er ist mein Sohn, ich muss mich wohl damit abfinden." Damien war so schnell verschwunden, wie er gekommen war.
„Ich will Erasmus mal eben etwas fragen", sagte ich und ließ Eusebia einfach stehen. Das hier musste ich erst einmal verdauen.

Die anderen hatten inzwischen die zerbrochene Brille im Auto ausfindig gemacht, wo Gudrun sie liegenlassen hatte. Erasmus besah sich den Schaden und versprach, sie gleich zu reparieren. Dimitri hatte Gudruns Zeh gründlich begutachtet und beruhigte sie mit den Worten: „Das ist kein Bruch, nur eine Prellung. Kann aber noch ein oder zwei Tage sehr schmerzhaft sein." Konstanze war inzwischen auch anwesend und unterhielt sich mit Betty angeregt über die neuesten Frisuren und Hair Stylings. Ich setzte mich neben Dimitri, der wieder zu essen begann. Du meine Güte, wurde der denn gar nicht satt? Besonders dick war er ja eigentlich nicht, eher groß und kräftig. Durstig füllte ich mein Glas auf.

Der Arzt schien meine Gedanken erraten zu haben.

„Manchmal kann ich unglaublich viel essen, dann wieder brauche ich tagelang fast gar nichts", erklärte er mir schmunzelnd.

Gudrun hatte inzwischen ihre Brille wieder und ließ sich auf einem Stuhl mir gegenüber nieder.

„Die Kinder sehen irgendwie eigenartig aus", raunte sie mir zu. „Meinst du, ich könnte sie ein wenig unterrichten? Nur mal so zur Übung? Auch wenn grad Ferien sind?"

Ich zuckte die Schultern: „Frag sie doch selber, die beißen nicht."

Dabei fiel mir ein, dass ich meinen Freundinnen noch immer nicht erklärt hatte, dass es sich bei unseren Gastgebern um eine Ghulfamilie handelte. Aber dann erzählte mir Dimitri lustige Anekdoten aus seinem Studentenleben und erkundigte sich nach meinen beruflichen Plänen. Die Zeit verging wie nichts. Und als Erasmus seine Geige hevorholte und die Ghulkinder zu den Klängen der Musik zu tanzen begannen, da vergaß ich mein Vorhaben total. Plötzlich fielen abwechselnd eine melodische Frauen- und eine hohe Männerstimme in die Melodie ein, die Ghuloma und Dimitri sangen im Duett. Auch Betty und Gudrun genossen den Abend und klatschten begeistert den Takt mit. Wir alle, bis auf die arme Gudrun, tanzten durch die Halle bis uns vor Müdigkeit die Augen zufielen und wir nur noch die Treppe hochwanken und uns auf unsere Betten fallen lassen konnten, bevor der Schlaf uns übermannte.

Doch die Nacht sollte nicht so friedlich werden, wie wir es uns gewünscht hatten. Ich wurde wach, weil jemand vor meinem Bett stand. Natürlich war es dunkel, da die Vorhänge zugezogen waren und somit das fahle Mondlicht aussperrten. Vorsichtig richtete ich mich auf und spähte angestrengt in die Finsternis. Nichts! Doch, da! Ein Rascheln. Blitzschnell griff ich zu und fasste in strubbeliges Haar. Mit der anderen Hand tastete ich nach meiner Taschenlampe, die ich auf dem kleinen Nachttisch neben dem Bett platziert hatte und leuchtete dem Störenfried mitten ins Gesicht.

„Damien", entfuhr es mir, „was geisterst du denn hier herum?"
 Der Ghuljunge sah mich mit großen Augen an. „Betty hat Angst alleine."

„Warst du etwa auch bei ihr im Zimmer?", fragte ich streng.

„Ich wollte doch nur kontrollieren, ob alles in Ordnung ist", verteidigte er sich.

„Na, das sind ja ganz neue Moden hier. Kein Wunder, dass sie jetzt Angst hat." Ich tastete nach meinen Pantoffeln und schlüpfte hinein.

„Ich gehe zu Betty, und du verschwindest in dein Schlafgemach", energisch schob ich den Jungen, der mir kaum bis zur Hüfte ging, vor mich her zur Tür. ‚Der ist ja tatsächlich etwas zu kurz geraten', dachte ich dabei. ‚Ob das wirklich ein Kobold ist? Krauses schwarzes Haar, eine lange Nase. Waren das die Merkmale? So viel anders als seine Geschwister sah er aber eigentlich auch nicht aus. Ach, egal.'

„Soll ich nicht doch noch …" Hoffnungsvoll blickten die dunklen Augen mich an. „Nein", sagte ich laut, und er verschwand auf leisen Sohlen. Die Tür stand einen Spalt offen, und der Kegel meiner Taschenlampe erfasste eine zitternde Betty im rosa Rüschennachthemd, die auf ihrem Bett saß.

„Sag nicht, du hast geheult", entfuhr es mir. „Ist wohl am besten, du kommst mit zu uns rüber." Sie fasste nach meiner Hand und folgte mir wortlos über den Flur. Dabei sah sie sich ängstlich um.

„Das war nur eins der Kinder", beruhigte ich sie. Ich überließ ihr den Platz in der Mitte des großen Doppelbetts und legte mich daneben. Gudrun war gar nicht erst aufgewacht. Sie grunzte im

Schlaf behaglich vor sich hin. Betty duftete wie ein ganzes Parfumsortiment, sicher hatte sie mehrere Essenzen hintereinander aufgetragen.

Langsam fühlte ich, wie ich wegdämmerte, eingelullt von Grunztönen und blumigen Aromen. Ich träumte von einem Wildschwein, dem ich mit einer Dose Raumspray in der Hand hinterherjagte. Als ich dicht genug heran war und es besprühen wollte, verwandelte es sich in einen Wolf, der diesmal hinter mir herjagte. Am nächsten Morgen fuhr ich durch einem heftigen Stoß in meine Rippen hoch. Betty reckte sich wohlig, und auch Gudrun erwachte mit einem letzten ersterbenden Schnarcher.

„Was machst du denn hier?" Verblüfft schaute sie Betty an.

„Unsere Kleine hatte ein bisschen Angst, so ganz allein", erklärte ich ihr mit einem boshaften Seitenblick auf meine duftende Freundin.

„Heute ist das „Friday-Night-Gruselspecial, stimmt's?", fragte Gudrun.

„Ich hatte mein Gruselspecial schon gestern Nacht, als der komische kleine Junge plötzlich im Raum stand und mir die Schokolade aus der Handtasche klauen wollte", murrte Betty und zog einen Schmollmund.

„Er wollte was?" Verwirrt sah ich sie an.

„Ich hab ihn gerade noch erwischt, aber er trat mir voll vors Schienbein und raste davon."

Fieberhaft überlegte ich. Ein Ghul isst keine Schokolade, so etwas entspricht einfach nicht seinen Geschmacksnerven. Er bevorzugt verdorbenes Fleisch, und eine Kartoffel ist erst genießbar, wenn sie bereits angefault ist. Ich meinte sogar, es war damals Damien, der im Keller eine solche mit der Behauptung, die sei jetzt reif, auf seinen Finger gespießt hatte. Irgendetwas musste mit dem Ghuljungen passiert sein. Eusebias Worte fielen mir ein. Vor Jahren hatte ich ein Buch über eine Menschenfamilie gelesen, der man das Kind raubte und stattdessen ein Koboldbaby in die Wiege legte. Auch wenn das nur ein Roman war, inzwischen wusste ich, was in unserer Welt alles existieren konnte. Allerdings tauschten Kobolde meist Babys aus, laut Buch durfte das gestohlene Kind jedoch auf gar keinen Fall älter als sieben Jahre sein, da sonst die Eingewöhnung in das neue Umfeld für beide Seiten, Kobold- und auch Menschenkind, zu schwierig wurde. In irgendeiner Koboldfamilie wuchs nun wahrscheinlich ein kleiner Ghul, der einst auf den Namen Damien gehört hatte und Süßigkeiten verabscheute, heran.

„Kommst du heute nochmal in die Pötte? Mein Bauchnabel zittert vor Hunger!" Gudrun hatte sich ein einfaches T-Shirt über die Shorts gezogen, die Vorhänge beiseite gezogen und in der Waschschale ihr Gesicht frisch gemacht.

Ich war noch im Pyjama.

„Wo ist Betty?", fragte ich und sah irritiert in den nebligen Morgen hinaus.

„Wollte duschen und sich fein für die Tafel machen", grinste Gudrun.

Ich überlegte, ob es wohl irgendwo eine Dusche gab, zuckte dann mit den Schultern und wühlte in meinem Koffer nach frischen Klamotten. Schließlich entschied ich mich für ein zerknittertes rotes Shirt und schwarze Leggins, dazu schlüpfte ich barfuß in meine weichen schwarzen Stoffschuhe. Schnell die Haare zusammengebunden, mit feuchten Händen durchs Gesicht gefahren, und schon war ich ausgehfertig.

Auf dem Flur wartete eine geschminkte Betty im geblümten Kleid auf uns.

„Mit den Schuhen würd ich mir glatt die Haxen brechen", sagte ich mit einem Blick auf die hohen Absätze.

„Du musst sie ja nicht tragen", lautete die schnippische Antwort. Dann stolzierte sie mit unsicheren Schritten vor uns die Treppe hinunter in die Halle, in der der Frühstückstisch schon gedeckt war.

„Guten Morgen. Ein wenig kühl hier unten", säuselte sie und setzte sich auf den Platz neben Dimitri. Dabei klimperte sie mit den unechten Wimpern, dass ich dachte, der Lidschatten müsse ihr gleich von den Augenlidern rutschen, so dick war der aufgetragen.

„Guten Morgen, die Damen", Dimitri lächelte mich an, als ich mich ihm gegenüber setzte.

Ich grinste freundlich zurück und stieß Gudrun in die Seite. Doch die war nicht am sonderbaren Verhalten unserer Freundin interessiert, sondern nur an den frischen Brötchen und Hörnchen im Korb und den gekochten Eiern. Es gab auch Kaffee, Tee, Käse, Butter, Marmelade, Honig und Nutella. Die Ghulkinder standen wie immer verstohlen am Tisch, verschwanden und tauchten kichernd wieder auf, während sich die Erwachsenen in höflicher Entfernung hielten.

Ich entdeckte Damien und winkte ihn heran. Heimlich steckte ich ihm ein Brötchen mit Nutella zu. Er griff hastig danach und verschwand mit leuchtenden Augen und einem Grinsen im Gesicht unter dem Tisch.

„Was passiert eigentlich heute Nacht?", fragte ich Dimitri neugierig.

„Wird nicht verraten! Lasst euch überraschen. Eigentlich sollte das Ganze ja erst in einer Woche stattfinden, denn dann ist Vollmond. Aber da kann ich nicht. Also haben wir etwas vorverlegt."

Seine braunen Augen zwinkerten vergnügt. Ein seltsames Gefühl der Geborgenheit überkam mich. Betty sah sich an die Seite geschoben.

„Dimitri, findest du nicht, dass der Ton meines Kleides das Blau meiner Augen ganz besonders hervorhebt? Mein Vater sagt immer, dass sie so blau sind wie die Adria."

Der Angesprochene musterte sie nachdenklich: „Das kann ich nicht beurteilen. Ich war noch nie an der Adria. Und ehrlich gesagt, für Mode interessiere ich mich nicht besonders."

Betty wurde knallrot im Gesicht und widmete sich pikiert ihrem Marmeladebrötchen. Die Ghulkinder kicherten, und ich täuschte schnell einen Hustenanfall vor.

Unter dem Tisch erschien eine kleine mit Nutella verschmierte Hand, und Gudrun reichte gutmütig ein dick mit Honig und Butter bestrichenes Hörnchen hinunter.
Dimitri sprang auf, kam um den Tisch gerannt und klopfte mir heftig auf den Rücken. „Arme hoch", sagte er besorgt.
„Es geht schon wieder", krächzte ich und wischte mir die Tränen von den Wangen.
„Mir gefallen grüne Augen viel besser, du hast die einer Katze", raunte er mir ins Ohr und legte dabei die Hand auf meine Schulter.
Betty fixierte uns wütend. Wenn Blicke töten könnten, wäre ich an diesem Morgen sicherlich vor Ablauf meiner Zeit in die ewigen Jagdgründe eingegangen.

Gegen Mittag war sie dann endlich da: Ruby! Strahlend eilte sie mir entgegen, eine zierliche Person. Sie trug ein grünes Kleid und hatte ihre Augen mit einem Fine Liner im gleichen Farbton nachgezogen. Das einst so strubbelige Haar war geglättet und schimmerte in seidigem Glanz. Doch es waren noch die gleichen dunklen Augen, die mich schelmisch ansahen.
„Oh Sabrina, ich freu mich so, dass du grad heute hier bist! Irgendwie wusste ich, dass wir uns wiedersehen. Ich muss nachher meine Mutter noch frisieren, da könnte ich auch gleich dich noch ein wenig aufpeppen. Bitte, sag nicht nein!" Flehend sah sie mich an.
Ich hatte gar nicht vor, nein zu sagen und nickte zustimmend. Das konnte ganz bestimmt nicht schaden.
„Ich habe meinen Salon heute früher dicht gemacht", erklärte Ruby, während sie sich grinsend eine Scheibe Käse mit Schinken belegte, „dafür habe ich aber alles mitgebracht, was ich brauche. Die Jungs wollen auch gestylt werden."
„Du isst Käse?", fragte ich verblüfft.
„Ja, im Laufe der Zeit habe ich mir viele menschliche Gewohnheiten angenommen. Die Menschen sind schließlich meine besten Kunden", erklärte sie mir und lächelte.

Betty setzte sich zu uns.

„Endlich mal jemand, der normal aussieht", flüsterte sie mir ins Ohr.

„Betty, das ist Ruby. Vielleicht möchtest du, dass sie dich auch für das Fest zurechtmacht? In der Stadt führt sie einen Schönheitssalon."

„Pffff ... nee danke, ich mach das schon lieber selbst", verkündete meine Freundin unhöflich, was Ruby nur ein erneutes Grinsen entlockte. Plötzlich waren sie da, lautlos wie immer umringten sie ihre Schwester. Tatjana kletterte auf ihren Schoß und ließ sich mit Schinken- und Wurststücken füttern. Ruby erzählte von ihrer Arbeit und beantwortete an die tausend Fragen. Es ging lustig dabei zu und summte wie in einem Bienenstock. Auch Erasmus, Konstanze, Jeremias und Eusebia hatten sich am Tisch niedergelassen und hörten gebannt zu. Das Leben in der Stadt war ganz anders als hier draußen.

„Wo ist eigentlich Gudrun? Hat sie sich wieder gestoßen oder was zerbrochen?", fragte ich in einer stillen Minute.

Betty zuckte die Schultern. „Frau Professor sucht irgendwelches Material zusammen, um die Kinder zu unterrichten."

„Jetzt?", erwiderte ich erstaunt.

Es war einfach nicht der richtige Zeitpunkt. Momentan quirlten die sogenannten Kinder kichernd durcheinander, und heute Abend sollte eine Art Party steigen. Sowas konnte auch nur Gudrun einfallen.

Dann war es so weit. Einer nach dem anderen setzte sich auf den Stuhl und ließ sich frisieren und schminken. An Eusebia vollbrachte Ruby ein wahres Wunder. Die unscheinbare Ghulmama mit dem teigigen Gesicht und dem strähnigen Haar war nach der Sitzung kaum wiederzuerkennen. Bei Konstanze gab es nicht viel zu richten, aber Damien hüpfte mit strahlendem Gesicht und zu einer Bürste hoch gestyltem Haar vom Hocker. Thusnelda weigerte sich und erklärte sich erst bereit, auf den Stuhl zu steigen, als Ruby ihr grüne Haarsträhnen versprach. Die Ghuljungen waren anspruchslos, und an Erasmus Glatze ließ sich nichts verschönern. Jeremias wollte so bleiben wie er war, und so kam die Reihe endlich an uns.

„Du hast sehr schönes Haar", stellte Ruby fest.

„Es ist viel zu weich und fettet schnell", beschwerte ich mich.

„Lass mich nur machen. Ich werde übrigens nachher den gleichen Fine Liner benutzen wie bei mir. Der bringt deine Augen besser zur Geltung."

Ich dachte sofort an Dimitri. Der war zum Glück verschwunden, um seinen Text noch einmal durchzugehen, wie er sagte.

Als Ruby mit mir fertig war, konnte ich mich durchaus sehen lassen. Der Pony war fransig ins Gesicht gekämmt und gab mir ein keckes Aussehen.

Die kleine Kosmetikerin seufzte leise, als Gudrun vor ihr saß.

„Du solltest Kontaktlinsen tragen oder dir zumindest eine flottere Brille zulegen", schlug sie vor. Gudruns Haar war zu dünn, um wirklich etwas damit zu machen.

„Ich bin keine Frisörin, aber ich kenne eine, die sehr gut schneidet. Wenn du magst, dann mache ich dir gleich für nächste Woche Dienstag einen Termin. Und danach kaufen wir dir ein modernes Brillengestell." Gudrun wurde frisiert und geschminkt und sagte in milder Stimmung zu. Betty stylte sich derweilen noch mal in ihrem Zimmer nach.

Eine Sekunde nicht aufgepasst und schon hatte Eugen den Kasten mit den Lidschatten erwischt. Großzügig verteilte er sämtliche Farben auf dem Gesicht der geduldigen Tatjana, der Tischdecke und dem Fußboden. Das gab wieder ein Gejohle und Gekreische unter den belustigten Ghulkindern. Ruby rannte hinter ihnen mit drohend erhobener Haarbürste her. Alle hatten ihren Spaß dabei, auch die Erwachsenen. So waren sie eben, die Ghule. Wie konnte ich nur all die Jahre ohne sie sein? Doch dann musste leider aufgeräumt werden, denn am Nachmittag wurden die ersten Gäste erwartet.

Es war schon ein recht buntes Volk, das sich nach und nach in der Halle versammelte. Da gab es Menschen, Ghule, Vampire

und Gestalten, die ich nicht so recht einordnen konnte. Manche trugen Musikinstrumente bei sich, wieder andere verschwanden mit ihren Koffern rasch über die Treppe nach oben. Andere standen in kleinen Grüppchen zusammen und unterhielten sich lebhaft. Die Ghulkinder tauchten wie Schatten auf, alberten herum und verschwanden wieder. Inzwischen zählte ich mindestens 50 Leute. Von einem der bordeauxroten Sofas aus beobachteten Betty, Gudrun und ich das Geschehen.
„Also weißt du, einige von denen sehen ja mehr als merkwürdig aus", begann Betty.
Vielleicht sollte ich den beiden endlich reinen Wein einschenken. Ich holte schon tief Luft, aber Pustekuchen!
Soeben ging die Eingangstür auf, und ich traute meinen Augen kaum. Im Rahmen stand ... Jan. Was suchte mein Bruderherz denn wohl hier? Und dann fiel es mir wie Schuppen von den Augen. Er spielte leidenschaftlich Geige, wollte mir aber nie sagen, wo. Jetzt wusste ich, warum er daraus solch ein Geheimnis machte. Ich war mir sicher, dass mein Vater Bescheid wusste, schließlich war er ja selber oft genug hier, um irgendwelche Pläne mit zu entwerfen. Außerdem schrieb er an einem Roman, über den er nichts verraten wollte. Wenn er sonst auch Blätter seines Manuskripts überall achtlos liegen ließ, um sie dann mühselig wieder zusammen zu suchen, so war es diesmal ganz anders. Er schrieb direkt am PC und wir bekamen keinen Einblick, da seine Dateien durch ein Passwort geschützt waren.
Mein Bruder kam direkt auf mich zu und grinste mich an.
„Hi Sabrina, hab mich schon gefragt, wie lange es wohl dauert, bis du hier aufkreuzt."
„Na, das war wohl mehr ein Zufall", antwortete ich und klopfte auf den leeren Platz an meiner Seite.
„Nöö, eher ein Unfall", berichtigte Gudrun.
Jan hob fragend die Augenbraue, während er sich neben mir niederließ.
„Gudrun und Betty kennst du ja bereits", sagte ich.

„Hi", Jan nickte lässig hinüber und fuhr sich dann mit der gespreizten Hand durch das dichte blonde Haar, während ich ihm berichtete, wie wir hier gelandet waren.

„Ah ja, der gute alte Dimitri", sagte Jan, „ein Gentleman der alten Schule."

„Hör schon auf, es reicht!" Ich musste lachen.

„So, ich muss dann mal weiter." Schon hatte sich mein Bruder wieder erhoben und war in der Menge verschwunden.

„Schade, dass er so jung ist", seufzte Betty und erntete einen strafenden Blick von mir.

„Lass ja die Finger von meinem Bruder! Der ist noch unschuldig."

Und dann erschien Dimitri.

„Wer ist unschuldig?" Betty kicherte nervös und lief rot an. Gudrun schaute gelangweilt durch den Raum, und ich unterdrückte mein Grinsen, was mir nicht ganz gelang. Dimitri ließ sich stöhnend auf den Platz neben mir fallen.

„Bald ist es so weit. Sabrina, was auch passiert, es ist alles nur ein Spiel", raunte er mir zu. Das wurde ja immer geheimnisvoller. Ich wollte ihn fragen, aber er sprang schon wieder auf.

„Ich muss noch in die Maske zum Schminken. Bis später!" Und weg war er.

Langsam kam Bewegung in die Gruppen. Ein kleiner Teil verschwand hinter der Bühne, der Rest nahm auf den mit rotem Samt bezogenen Stühlen Platz. Das Licht der Fackeln an den Wänden wurde schwächer, und links und rechts neben der Bühne wurde irgendetwas in zwei Behältern entzündet, das einen seltsamen Duft von sich gab. Hoch loderten die Flammen empor, und das Publikum klatschte wilden Beifall. Vor dem zugezogenen Vorhang erschien jetzt Jeremias und begrüßte die Gäste feierlich: „Herzlich willkommen im Luhg Holiday, verehrtes Publikum! Wir wünschen Ihnen wie immer viel Vergnügen bei unserem Friday-Night- Gruselspecial. In der Pause ist für Erfrischungen und Snacks gesorgt. Und los geht's!"

Wieder Applaus und lautes Füßescharren. Wir hatten inzwischen auch Platz genommen, und erfreut stellte ich fest, dass Ruby neben mir saß.

Ein Tusch und der Vorhang öffnete sich für das Orchester. Ich erkannte meinen Bruder mit seiner Geige inmitten der anderen Musiker. Eine Gestalt mit langen Hängeohren saß am Piano, und dann begann ein Konzert, das mich zusammen mit dem Duft des langsam erlöschenden Feuers in unwirkliche Welten eintauchen ließ.

Unter ohrenbetäubendem Klatschen schloss sich der Vorhang. Als er sich abermals öffnete, hielt ich den Atem an. Es war mucksmäuschenstill in der Halle. Die Fackeln an den Wänden waren noch schwächer geworden. Die Bühne lag in diffusem grünen Licht. Jemand erschien im Wolfskostüm und tapste auf allen Vieren suchend zwischen den Baumkulissen umher.

Dann kam von der anderen Seite ein Mädchen mit einem Korb daher. Ich erkannte Thusnelda und musste grinsen.

„Oh, ein böser alter Wolf!", sang das Mädchen. Der Wolf richtete sich auf und begann ebenfalls zu singen. Das war doch Dimitris Stimme, die von leiser Musik begleitet wurde.

„Ich bin nicht alt und auch nicht bös. Streife nur schon so lange durch den Wald und habe Hunger auch und Durst."

Das Mädchen sah ihn listig an: „Du armer Wolf. Schau, ich habe Kuchen hier im Korb und eine Flasche guten roten Wein."

„Kein Wasser und kein Fleisch?" Der Wolf griff sich seufzend an den Bauch. „Ach, Süßes vertrag ich doch so schlecht. Liebes Mädchen, wohin gehst du mit dem Korb?"

„Die Großmama ist krank", sang das Kind, „ich bring ihr Speis und Trank, dann wird sie schnell gesund."

Schließlich nahm der Wolf doch ein Stück Kuchen und weil er davon noch schlimmeren Durst bekam, trank er auch einen großen Becher Wein. Wolf und Mädchen saßen gemeinsam im Gras und vertilgten den Kuchen. Nach und nach trank der Wolf den ganzen Wein aus. Der Vorhang schloss sich, und die Fackeln wurden hell. Verwirrt sah ich mich um. Die Ghulkinder gingen mit Körben durch die Zuschauerreihen und verteilten Pasteten, kleine runde Kuchen, die merkwürdig aussahen und von den Vampiren bevorzugt wurden, Kugeln mit Zuckerguss und Getränke. Aufatmend stellte ich fest, dass ich eine Fleischpastete und einen Becher Wasser bekam. Im Glas des Vampirs vor mir war eine rötlich schimmernde Flüssigkeit. Damien winkte mir grinsend zu und verschwand mit seinem Korb, bevor das Licht wieder gedimmt wurde.

„Schmeckt ja richtig lecker, irgendwie so wie diese Schneekugeln im Harz", sagte Gudrun zufrieden und biss in ihr Gebäck. Betty ließ sich ihre Pastete auch schmecken. Sie hatte sich heute besonders in Schale geworfen. Ich wunderte mich schon nicht mehr, warum jemand ein weißes Seidenkleid mit auf eine Urlaubsreise in den Süden nahm.

Der Wolf war inzwischen betrunken von dem ungewohnten Weingenuss und taumelte über die Bühne. Schließlich legte er sich in eine Ecke und schlief ein. Das Mädchen sang ein Schlaflied dabei und winkte dann jemandem zu. Hinter einem Baum kam eine alte Frau hervor.

„Schau, Großmutter, da liegt er nun, der böse Wolf", sang das Kind mit süßer Stimme. Die Alte nahm ihre Brille ab, putzte sie und setzte sie wieder auf. „Gut gemacht, du braves Kind", sang sie dann mit dunkler und melodischer Stimme. ‚Konstanze', dachte ich zufrieden. Sie ging gebeugt und trug eine weiße Perücke. Das Mädchen schleppte Steine heran, und die Großmutter holte eine Schere hervor. Der Wolf begann zu schnarchen.

Es gab ein Duett zwischen der Oma und der Enkelin, indem sie erklärten, dass sie dem Wolf den Bauch aufschneiden und ihn mit Steinen füllen wollten. So würde er Durst bekommen und im Fluss ertrinken, wenn er sich vorbeugte, um zu saufen.

Doch der Wolf erwachte mit einem lauten Schnarcher und sprang auf. Er wuchs in die Höhe und verwandelte sich in irgendetwas Schreckliches.

Im selben Moment gingen die Fackeln aus. Geschrei ertönte, und Gläser fielen zu Boden, wo sie klirrend zersprangen. Auf der

Bühne jagte der Wolf die Oma und das Kind. Jemand kam mit einer Fackel und leuchtete uns den Weg. War es Jeremias? Ich wollte nur noch weg von hier. Neben mir kreischte Betty panisch auf, und Gudrun sah ich überhaupt nicht mehr.

Es ging auf eine Tür zu und dann eine Treppe hinunter. ‚Der Keller', fuhr es mir durch den Kopf. Es roch muffig, und mir wurde unangenehm kalt in meinem Shirt. Jetzt tauchten noch andere Gestalten mit Fackeln auf. Gleich mussten wir an die Stelle kommen, an der die Kartoffeln zum Faulen lagerten. Doch wir bogen schon vorher ab. Diesen schmalen Gang kannte ich nicht.

„Wir müssen uns beeilen, der Wolf hat unsere Fährte bereits aufgenommen. Er wird gleich hier sein", sagte Jeremias.

Der Wolf war Dimitri. ‚Was auch passiert, es ist alles nur ein Spiel', hörte ich ihn sagen. Aber konnte ich ihm wirklich trauen? Was hatte ich auf der Bühne gesehen? War so etwas überhaupt möglich? Hinter uns ertönte ein noch fernes Grollen. Er kam …

Jetzt schubste einer den anderen. Betty stolperte vor mir auf ihren Stöckelschuhen den leicht ansteigenden Weg hinauf. Die Zeit schien still zu stehen. Endlich, nach gefühlten Stunden, stieß Jeremias eine Tür auf, und fahles Mondlicht beleuchtete eine unheimliche Landschaft. Wir taumelten ins Freie. Luft! Das Knurren wurde lauter, mir fuhr ein Schauder über den Rücken, und dann stürmte etwas direkt an uns vorbei in die Finsternis des Waldes hinein. Aus weiter Ferne ertönte ein markerschütterndes Geheul.

Ich zitterte am ganzen Körper, und den anderen ging es nicht besser.

Jeremias erhob seine Fackel, und Rupert, Ruby und Eusebia taten es ihm gleich.

„Wir können jetzt zurück ins Haus gehen", sagte er mit ruhiger Stimme.

„Wo ist Dimitri?", fragte ich leise.

„Der taucht schon wieder auf", beruhigte Ruby mich.

Wir nahmen diesmal nicht den Weg durch den Keller, sondern den durch die Eingangstür. Die Halle war jetzt hell erleuchtet, und eine Gruppe Vampire erhob feierlich ihre rot funkelnden Gläser.

„Auf das Friday-Night-Gruselspecial", sagte einer von ihnen.

Ich schaute auf und sah in honigfarben schimmernde Augen.

Er war gekommen: der Besitzer des Luhg Holiday, Graf von Drachenfels.

Von da an versank alles hinter einem Nebelschleier. Irgendwer drückte mir ein Glas mit dieser blutroten Flüssigkeit in die Hand. Ich kostete und stellte erstaunt fest, dass es wohlschmeckender süßer Rotwein war. Der Graf hatte den Arm um meine Schulter gelegt und drängte mich langsam zu der Gruppe von Vampiren, die in der Ecke stand. Die meisten von ihnen waren stattliche Männer mit schwarzen Gewändern, blassen Gesichtern und hoch gestyltem Haar. Die wenigen anwesenden Frauen waren von atemberaubender Schönheit mit einem Teint wie durchscheinendes Porzellan. Ich glaubte, die feinen Adern unter ihrer Haut zu sehen, durch die das Blut pulsierte.

„Meine Gattin, Gräfin von Drachenfels, kennst du ja bereits."

Oh ja, ich erinnerte mich gut an die zierliche Frau mit den langen roten Haaren. Die anderen Namen rauschten an mir vorbei, ohne dass ich sie wirklich wahrnahm. Ich war wie in einem Traum gefangen. Doch dann tauchte er auf: ein kleiner Teufel mit boshaft verzerrtem Gesicht und feuerrotem Haar, das wie eine Bürste von seinem Kopf abstand. Er war auf der Jagd, und sein Opfer war ... Tatjana. Das arme Ghulmädchen rannte kreischend durch die Menge und hatte keine wirkliche Chance, ihm zu entkommen. Ich spürte die Zähne fast körperlich, die sich in ihren Arm bissen.

„Oliver, wie oft habe ich dir gesagt, du sollst das nicht machen!" Mit hartem Griff hielt der Graf den Jungen in die Höhe, und ich sah dessen spitze Eckzähne, die er noch immer gefletscht hatte.

„Draco, er übt doch nur. In seinem Alter ist es ganz normal, dass er seine Beißerchen ausprobiert", beruhigte ihn die Gräfin.
„Samaritana, wir saugen schon lange kein Blut mehr, das muss der Bengel endlich verstehen. Schließlich ist er schon gut drei Jahre alt. Er ist total verzogen", grollte der Graf und beugte sich mit prüfendem Blick zu Tatjana hinunter. Dabei zog er ein schneeweißes Tuch aus der Tasche seines Anzugs, den er unter dem Umhang trug, und tupfte der Kleinen sanft das Blut vom Arm.
„Ich hoffe, er hat nicht geschlürft", sagte er dann. Tatjana schüttelte den Kopf.
„Nein, aber wenn er das nochmal macht, dann beiße ich zurück!" Mit einem Kichern verschwand sie. Ich blickte mich um, die anderen Ghulkinder standen ganz in der Nähe, aber Gudrun und Betty konnte ich nirgends entdecken.
„Ich möchte euch Sabrina vorstellen", sagte der Graf. Alles war noch immer so unwirklich, doch dann erspähte ich meinen Rettungsanker, der mich aus diesem wirren Meer der Eindrücke und Gefühle herausreißen konnte: Dimitri. Da stand er mit einem Glas in der Hand und unterhielt sich mit Jeremias, als wäre nie etwas gewesen. Rasch murmelte ich eine Entschuldigung und bewegte mich unsicher auf die beiden zu.
„Meine Güte, Sabrina! Bist du etwa betrunken?", sanfte braune Augen sahen mich besorgt an, während der Boden unter mir schwankte. „Was haben sie dir gegeben?"
Ich wusste es nicht genau, es hatte nach Rotwein geschmeckt. Er fing mich auf, bevor ich taumelnd an ihm vorbeidriftete. Mein Blick streifte ein Pärchen, das ganz eng beisammen stand. Jan? Und … mir stockte der Atem … Ruby? ‚Ich bin total besoffen!', fuhr es mir durch den Kopf. Dimitri führte mich sicher die Treppe hinauf und sagte irgendwas wie: „Es ist besser so, glaub mir."
Ich wusste schon lange nicht mehr, was ich glauben sollte. ‚Es ist nur ein komischer Traum, genau wie damals, als der Graf mit

mir fliegen wollte ...', war das letzte, was ich in dieser Nacht dachte.

Als ich erwachte, sah ich Gudrun neben mir liegen. Die schweren Vorhänge waren zugezogen, und als ich mich aufsetzte, dröhnte mir der Kopf. Langsam kam die Erinnerung an den Abend zurück. Meine Freundin schlummerte friedlich, und ich fragte mich, ob Betty wohl in ihrem Zimmer war. Ich stieg in voller Montur aus dem Bett und zog die Gardine auf. Draußen regnete es Bindfäden, was nicht gerade dazu beitrug, meine miese Laune zu verbessern. Gudrun richtete sich stöhnend auf.
„Sabrina? Musst du das Licht reinlassen?" Vorwurfsvoll sah sie mich an.
„Was war das gestern? Kannst du dir einen Reim darauf machen?", fragte ich sie. Verwirrt schüttelte sie den Kopf.
„Ich kann mich nur noch daran erinnern, dass der Wolf die Großmutter jagte, dann wurde es Zappen duster um mich. Irgendwie habe ich wohl einen Schlag auf den Kopf bekommen, der Rest liegt im Dunkeln."
„Ich geh mal nach Betty schauen", erklärte ich ihr. So kamen wir nicht weiter. Das war mehr als merkwürdig, aber eigentlich wurde es ja immer recht seltsam, wenn der Graf auftauchte.
„Warte, ich komme mit", sagte Gudrun und beeilte sich, aus dem Bett zu kommen.
Vor Bettys Tür stießen wir auf Damien. Ich nahm ihn bei den Schultern.
„Damien, was war das eigentlich gestern Nacht", fragte ich. Der Junge druckste herum.
„Och, es war nur ein Spiel, du weißt doch, das Friday- Night-Gruselspezial."
„Na, der Wolf sah mir plötzlich ziemlich echt aus. Wenn das ein Schauspiel war, dann war das aber sehr gut gemacht." Ich zweifelte noch immer.
„Es war nicht wirklich gefährlich und der Wolf harmlos, nicht wie ..."

„Nicht wie was?" Der Kleine entwand sich meinem Griff und verschwand kichernd. An der Ecke drehte er mir noch eine lange Nase. Ungeduldig zuckte ich mit den Schultern. Bevor ich die Tür öffnen konnte, wurde die Klinke heruntergedrückt, und eine frisch frisierte Betty erschien im Türrahmen.
„Guten Morgen", flötete sie und strahlte über das ganze Gesicht. Ich sah sie fassungslos an.
„Betty, kannst du dich an irgendetwas von gestern erinnern?", fragte ich vorsichtig.
„Natürlich! Der Graf ist ein gutaussehender und charmanter Mann. Wir haben zusammen Wein getrunken. Was dann war, weiß ich eigentlich gar nicht mehr ...", nachdenklich sah sie mich an, die Stirn in Falten gelegt.
„Erinnerst du dich nicht mehr an den Wolf? An die Flucht durch den Keller? Das musst du doch noch wissen! Du hast wie am Spieß geschrien."
Sie schüttelte den Kopf und grinste. „Du hast sicher nur schlecht geträumt, Sabrina", sagte sie und schnupperte dann. „Ich hab Bärenhunger. Lasst uns runter gehen. Ich rieche schon den knusprig gebratenen Speck."

Bevor wir die Halle erreichten, klingelte mein Handy. Ich war verwirrt. Damals gab es hier keinen Internetempfang, aber inzwischen hatte sich das offensichtlich geändert. Mamas aufgebrachte Stimme ertönte:
„Kannst du mir vielleicht mal kurz mitteilen, wo ihr euch aufhaltet? Papa und ich machen uns große Sorgen. Ein kleiner Hinweis, ob ihr noch unter den Lebenden weilt, ist doch wohl nicht zu viel verlangt!" Oha, was sollte ich jetzt antworten? Mama war nie wieder im Luhg Holiday gewesen seit damals, und auch für mich müsste diese Unterkunft eigentlich tabu sein. Von dem Unfall sollte ich ihr lieber nix sagen, sie würde sich nur unnötig Sorgen machen.
„Sabrina, ich warte!", schrillte es aus dem Handy.

„Es ist alles okay, Mama, wir sind noch unterwegs und haben Zwischenstation in einer recht einfachen Unterkunft gemacht. Der Empfang ist hier nicht sehr gut", log ich und machte das Gerät aus, bevor sie noch mehr fragen konnte.

Aufatmend setzte ich mich wenig später neben Dimitri an den Tisch. Betty nahm es mir nicht übel, sie hatte nur Augen für den Grafen, der diesmal solo erschienen war.

„Samaritana fühlt sich nicht wohl, sie klagt über leichte Kopfschmerzen", erklärte er dem besorgten Jeremias gerade.

Mein Tischnachbar nickte mir freundlich zu. Aufmerksam betrachtete ich sein markantes Profil von der Seite, konnte aber keine Veränderung feststellen.

„Dimitri, was war das gestern?", fragte ich ihn im Flüsterton.

„Das war nur eine Theateraufführung", antwortete er grinsend, bevor er herzhaft in sein mit Schinken belegtes Brötchen biss.

Die Ghulkinder tauchten wie immer plötzlich auf, nahmen etwas vom Tisch und verschwanden so lautlos, wie sie gekommen waren, wieder.

„Sie haben sehr schlechte Manieren, wirklich", kopfschüttelnd sah Gudrun ihnen hinterher. Entschlossen erhob sie sich und rief: „Ich habe etwas anzukündigen!"

Sprachlos blickte ich sie an. Was hatte sie vor?

Plötzlich verstummten alle Gespräche in der Halle.

„Wie ihr alle wisst, studiere ich Lehramt. Ich würde sehr gern den Wissensstand der Kinder prüfen und sie ein wenig unterrichten, wenn Sie nichts dagegen haben …", fragend wandte sie sich an Jeremias und Konstanze. Die Ghuloma musterte Gudrun eingehend und nickte: „Warum nicht, wenn die „Kinder" damit einverstanden sind."

„Ich halte das für eine sehr gute Idee", sagte Ruby grinsend.

Rupert und Eugen sahen einander fragend an, Thusnelda hüpfte ausgelassen von einem Bein aufs andere, Tatjana balgte sich in einer Ecke mit dem Vampirjungen, der plötzlich von irgendwoher aufgetaucht war, und Damien nutzte die Gelegenheit, um ein Stück Marmorkuchen von Gudruns Teller zu stibitzen.

Ich musste schmunzeln.

„Vielleicht möchtest du ja Oliver gleich mit unterrichten", ermunterte ich meine Freundin, „ich denke, dem könnten ein paar Lektionen auch nicht schaden." Gudrun sah skeptisch zu dem Jungen hinüber, dessen Haare plötzlich feuerrot in den Strahlen der Sonne, die grad durch das Fenster fielen, aufleuchteten.

„Ich weiß nicht so recht ...", kam es zaudernd zurück.

„Die Sonne ist da!", rief ich euphorisch. Eben hatte es noch geregnet. Eilig hastete ich zur Tür. Erstmals Sonnenschein über dem Luhg Holiday. Ein Wunder war geschehen. Der Graf erhob sich ebenfalls von seinem Platz und murmelte eine Entschuldigung. Blitzschnell schnappte er seinen um sich schlagenden und keifenden Sohn und trug ihn davon. Aus den Augenwinkeln sah ich, dass er nicht die Treppe zu den Schlafgemächern hinaufging, sondern durch die Tür verschwand, die zum Keller führte. Sicher gab es dort unten irgendwo eine besonders düstere Kammer mit drei Särgen, die mit blutrotem Samt ausgelegt waren. Unwillkürlich musste ich grinsen. Die Wolkenwand hatte sich aufgelöst und ein blauer Himmel leuchtete mir entgegen. Ein neuer Tag begann.

Dimitri gesellte sich zu mir.

„Sabrina, ich muss mit dir reden", sagte er leise.

Vorsichtig sah ich mich um, dann nahm ich seine Hand.

„Lass uns ein Stück in den Wald gehen", schlug ich ihm vor. Dort, so dachte ich zumindest, würde uns niemand belauschen. Mir war klar, dass er mir etwas Wichtiges mitteilen wollte, das nicht für die Ohren anderer bestimmt war. Bevor ich die Tür leise schloss, sah ich noch Bettys enttäuschtes Gesicht.

Als wir den Waldrand erreicht hatten, atmete ich auf.

„Sabrina, ich weiß nicht, wo ich beginnen soll ..."

„Du bist ein Werwolf!", entfuhr es mir. Entgeistert starrte er mich an.

„Seit wann weißt du das?"

„Seit gestern … nein, eigentlich schon länger. Es war eher eine Ahnung."
„Du hast keine Angst?" Er sah mich fragend an.
„Nein. In meinem Leben gibt es bereits Ghule, Vampire und einen Kobold. Warum also nicht auch einen Werwolf?"
Dimitri lächelte und ließ sich auf einem umgestürzten Baumstamm nieder. Er klopfte auf den freien Platz an seiner Seite, und ich setzte mich neben ihn.
„Es war nie ein großes Problem für mich. Ich ging ganz normal in den Kindergarten und zur Schule, später zur Uni. Kaum einer weiß davon. Es geschieht ja nur einmal im Monat in der Vollmondnacht …" Schwer stützte er den Kopf in seine Hände.
„Was geschieht dann, Dimitri?", hakte ich nach.
„Dann verwandele ich mich in einen Wolf. Nicht in eine dieser blutrünstigen Bestien, wie es in den Horrorfilmen gern dargestellt wird. Nein, in einen ganz normalen Wolf."
Er sah mir direkt in die Augen.
„Dann reißt du keine Beute in der Vollmondnacht? Ich meine, du bist nicht … gefährlich?"
„Werwölfe sind nicht gefährlicher als Menschen, die sich im Gegensatz zu uns nicht offensichtlich verwandeln. Selbst wenn wir einmal im Monat ein Huhn oder ein Wildschwein reißen. Wir züchten zumindest keine Tiere auf engstem Raum unter unvorstellbaren Bedingungen, um sie dann zu schlachten. Wir machen auch keine Tierversuche in irgendwelchen Laboren. In der Vollmondnacht lasse ich mich übrigens freiwillig in einem Kellerraum einsperren, damit ich keinem zur Gefahr werde. Deshalb mussten wir das Friday- Night- Gruselspecial auch vorverlegen …"
Ich nahm seine schmale Hand und betrachtete sie lange. Daraus sollte also eine Wolfsklaue werden?
„Wölfe haben sehr feingliedrige Pfoten und Hinterläufe", sagte er, als habe er meine Gedanken gelesen.
„Sind alle in deiner Familie Werwölfe?", fragte ich ihn.

„Ja, fast alle. Ich habe aber einen Cousin, der ein Wervamp ist."

„Ein was?" Entgeistert sah ich ihn an.

„Nun, mein Onkel hat eine Vampirdame geheiratet. Ich kann dir sagen, das hat einen richtigen Aufruhr gegeben. Beide Seiten waren strickt gegen solch eine Beziehung. Aber der kleine Wladimir war schon unterwegs, und dann ging es plötzlich in Windeseile. Mein Cousin ist ein Wervamp", sagte Dimitri und grinste vor sich hin.

„Oh", hauchte ich, „und wie ist der so?"

„Du wirst ihn sicherlich noch kennenlernen. Er ist ein Energiebündel. Bringt alle Lehrer zur Verzweiflung. Schon im Kindergarten wurde er als hyperaktiv eingestuft. Aber er ist clever und hat eine unglaublich schnelle Auffassungsgabe. Besonders in den Vollmondnächten muss man ihn natürlich in Schach halten. Er entzieht seinen Opfern erst die Lebensenergie, dann werden sie zu leichter Beute. Aber seine Eltern wissen das und können damit umgehen."

„Wie alt ist er jetzt", wollte ich wissen.

„Er müsste 12 oder 13 Jahre alt sein, ganz genau weiß ich es nicht mal, aber er ist ein richtiges Computergenie", antwortete Dimitri und fuhr sich mit einer Hand durch das dichte Haar. Die andere ruhte immer noch in meiner.

Plötzlich fiel mir etwas ein.

„Was passiert eigentlich, wenn ein Werwolf und ein Mensch ein Kind bekommen. Wird sich das dann auch in Vollmondnächten verwandeln?"

„Wohl schon - wahrscheinlich aber eher in einer abgeschwächten Form", sinnierte Dimitri.

Ich musste lachen.

„Siehst du auch das, was ich grad sehe?", fragte ich ihn.

Dimitri nickte und prustete dann laut raus: „Ja, einen kleinen Wolfsmenschen, der im Schein des Vollmonds mit seinen behaarten Pfötchen gierig einen Kartoffelacker oder ein Kohlfeld umpflügt und dann plündert."

Noch immer lachend saßen wir Hand in Hand auf dem Baumstamm und blickten auf das Luhg Holiday hinunter, das im strahlenden Sonnenschein plötzlich gar nicht mehr so düster aussah. Das Leben konnte so schön sein.

Die Eingangshalle hatte sich in ein Schulzimmer verwandelt. Während Eugen hingebungsvoll Buchstaben auf ein weißes Blatt Papier malte, baute Tatjana kleine Türmchen aus bunten Bauklötzen. Gudrun war sichtlich in ihrem Element.
„Sieh mal, Tatjana, wenn ich zu den beiden Klötzen hier noch einen dazu lege, wie viele habe ich dann?" Das kleine Ghulmädchen zählte eifrig nach. „Drei", sagte es dann strahlend und setzte den neu begonnenen Turmbau mit dem angebotenen Bauklotz fort.
„Sehr gut. Und wenn ich dir jetzt zwei wieder wegnehme?" Tatjana hielt entrüstet die kleinen Händchen über ihr Werk.
„Nein, das tust du nicht! Dann machst du meinen Turm ja kaputt! Mit dir spiele ich nicht mehr!"
Ich musste mir ein Lachen verkneifen, als ich Gudruns ratloses Gesicht sah. Schnell wandte sie sich an Eugen.
„Eugen, das hast du ja schon sehr schön gemacht. Aber du musst es anders herum schreiben. Von links nach rechts. Schau mal so: Auto."
Der Ghuljunge sah sie verständnislos an: „Aber dann kann ich es doch nachher nicht lesen!"
Konstanze, die mit am Tisch saß, schmunzelte.
„Ghule schreiben und lesen immer rückwärts, Gudrun. Deshalb heißt es auch Luhg Holiday."
Ich atmete tief durch. Noch immer hatte ich meine Freundinnen nicht aufgeklärt.
Gudrun machte ein dummes Gesicht und wollte wohl gerade fragen, was Ghule sind, als Rupert plötzlich aufsprang.
„Das ist mir zu blöd hier! Diese Rechenaufgaben sind doch unlogisch! Ich geh lieber in den Wald jetzt!"
Damien blickte interessiert von seinem Lesebuch auf.

„Ich komme mit! Vielleicht finde ich noch ein paar Blaubeeren!"
Und schon waren die beiden verschwunden.
Kopfschüttelnd sah die Ghuloma ihnen hinterher.
„Rupert ist so ganz anders als Ruby. Dabei sind sie doch Zwillinge. Und Damien benimmt sich immer seltsamer. Neuerdings weigert er sich, in der Erde gereiftes Fleisch zu essen. Stattdessen stibitzt er Kuchen und Süßspeisen oder stopft sich im Wald mit wilden Beeren voll." Sie warf mir einen bedeutungsvollen Blick zu und entfernte sich dann mit forschen Schritten.
Thusneldas Kopf war auf ein Buch mit bunten Bildern gesunken. Leise Schnarchtöne waren zu hören. Gudrun rückte seufzend ihre altmodische Brille zurecht.
„Vielleicht sollten wir jetzt lieber eine Pause machen", sagte sie mit unsicherer Stimme.
Von Betty und den anderen Gästen war nichts zu sehen.
„Gudrun, weißt du, wo Betty ist? Es wird höchste Zeit, dass ich euch etwas über dieses Haus und seine Bewohner erzähle."
„Du hast doch wohl einen Stich?!" Fassungslos sahen meine Freundinnen mich an. „Haben sie dir gestern etwas in deinen Drink gemischt?"
„Ja, das kann gut sein. Aber trotzdem leben wir hier mitten unter Ghulen und Vampiren."
Wohlweislich verschwieg ich den Werwolf. Alles zu seiner Zeit.
„Von Vampiren habe ich ja schon mal was gehört. Aber wer oder was sollen Ghule sein?" Kopfschüttelnd sah Betty mich an. Ich erklärte es ihr zum zweiten Mal.
„Das widerspricht jeglicher Wissenschaft. Alles nur wilde Schauermärchen, bestenfalls Legenden. Auch Dracula hat es nie so gegeben, wie er in den Büchern und Filmen dargestellt wird. Ein Mensch, der sich in eine blutrünstige Fledermaus verwandelt! Wohl hat es in Südamerika mal Flughunde gegeben, die Rinderherden angefallen haben, aber die konnten sich nicht in Menschen verwandeln", klärte unsere Professorin mich freundlich auf.

„Der Graf - ein Vampir, oh wie gruselig. Aber auch romantisch", kicherte Betty, die mich noch immer nicht für voll nahm, obwohl ich ihnen die ganze Geschichte erzählt hatte. Naja, zumindest fast die ganze.

„Die Ghule sind harmlos, aber passt auf die Vampire auf. Seht ihnen nie direkt in die Augen. Sie saugen euch die Energie ab", warnte ich meine Freundinnen.

Betty prustete laut los, und Gudrun runzelte missbilligend die Stirn.

„Also wirklich, Sabrina, wenn das nicht die Nachwirkung von gestern Abend ist, dann drehst du langsam echt ab." Sorgenvoll sah sie mich an.

„Schau mir in die Augen, Kleines", grölte Betty. „Wo hast du denn die Knochen des Bären vergraben, den du uns grad aufgebunden hast?"

Okay, ich hatte mein Möglichstes getan. Mehr konnte keiner verlangen. Resigniert zuckte ich die Schultern. Nichts als Gespött hatte ich geerntet. Dann mussten die Zwei eben sehen, wie sie allein zurechtkamen. Betty war auf dem besten Weg, in ein offenes Messer zu rennen. Graf von Drachenfels schien es auf sie abgesehen zu haben, und sie war eine leichte Beute für ihn. Und Gudrun war in meinen Augen mehr als naiv. Meine Gedanken kehrten zu Jan zurück. Der schien absolut immun zu sein und sich hier wohl zu fühlen. ‚Tu ich doch eigentlich auch', dachte ich. Besonders jetzt, wo Dimitri auch im Luhg Holiday weilte. Der Graf übte nach wie vor eine gewisse Anziehungskraft auf mich aus. Das konnte ich nicht leugnen. Auf jeden Fall waren das mehr als aufregende Ferien.

„Ach egal, ich glaube, das ist der beste Urlaub meines Lebens", sprach Betty gerade meine Gedanken aus. Dieses verwöhnte Püppchen fühlte sich hier nicht fehl am Platze? Sie konnte da doch nur wieder auf den Grafen anspielen.

Gudrun sah mich deprimiert an: „Ich weiß nicht, ob ich mich wirklich zur Lehrerin eigne."

Betty klopfte ihr freundschaftlich auf den Rücken.

„Na, wenn das so ist, dann hat dir der Aufenthalt hier zumindest einen wichtigen Aufschluss über deine Berufswahl gegeben. Ist doch auch was!", sagte sie grinsend.
„Und du", sie wandte sich mit einem boshaften Glitzern in ihren blauen Augen an mich, „du solltest dir mal überlegen, ob du nicht lieber Märchenerzählerin in Bagdad wirst als Kunstmalerin."
„Vielleicht kann ich meine Phantasien ja auch in gemalten Werken unterbringen", entgegnete ich bissig. „Auf jeden Fall werde ich nicht in einem verstaubten Büro sitzen und darauf warten, dass der Tag zu Ende geht."
Das hatte gesessen. Gudrun sah mich geschockt an, während Betty mit hängenden Schultern langsam zur Tür ging und um die Ecke in ihr eigenes Zimmer verschwand.
„Das hättest du nicht sagen sollen", meinte Gudrun besorgt, „sicher liegt sie jetzt auf ihrem Bett und heult."
„Oder träumt vom Grafen", murmelte ich noch immer leicht verärgert vor mich hin.

Am Abend saßen wir alle einträchtig am Tisch, bis auf die Ghulkinder natürlich, die wie immer kamen und gingen, wie es ihnen gefiel und dabei durch die ganze Halle tollten. Viele der Gäste waren schon wieder abgereist, doch der Graf mit seiner Familie war noch immer hier und hatte sich direkt neben mich gesetzt, während eine Frau mit einem ungeheuer breiten Mund den Platz an Gudruns Seite ausfüllte. Von Zeit zu Zeit schnellte ihre lange, dünne Zunge hervor, mit der sie geschickt Essenshäppchen aufnahm, die ihr ein Mann mit überdimensionalen Ohren mundgerecht auf ihrem Teller zurechtschnitt. Ich glaubte, in ihm den Pianisten aus der Friday- Night- Show wiederzuerkennen.
Interessiert ließ ich meinen Blick schweifen. Schräg gegenüber saß noch ein Vampirpärchen, das einen recht verliebten Eindruck machte.

„Sie sind auf der Hochzeitsreise. Romantisch, nicht wahr?", wisperte mir Graf von Drachenfels zu. Ich fühlte, dass seine Augen forschend auf mir ruhten und vermied jeglichen Blickkontakt. Noch immer konnte er mir gefährlich werden. Betty saß mir mit finsterem Gesicht direkt gegenüber und somit auch dem Grafen, wie ich erschrocken feststellte. Hoffentlich beherzigte sie meine Warnung. Momentan war sie damit beschäftigt, ein Steak auf ihrem Teller zu massakrieren. Sicherlich stellte sie sich vor, dass ich das war. Schaudernd wandte ich mich ab und wieder Dimitri zu, der mir mit einem Glas Rotwein fröhlich zuprostete. Ruby erhob sich und lenkte damit die Aufmerksamkeit aller auf sich.

„Das war ein wunderbares Wochenende. Ich habe es genossen, nicht nur die Aufführung, sondern auch das Wiedersehen mit meiner Familie und meinen Freunden", sie sah mich dabei direkt an, „mein Dank gilt nicht nur meinen Eltern, sondern vor allem den Schauspielern und Gästen, die den Abend zu einem gelungenen Event gemacht haben, das uns sicherlich allen noch lange in Erinnerung bleiben wird. Leider ist die schöne Zeit nun für mich schon wieder zu Ende, ich muss zurück in die Stadt. Ihnen allen wünsche ich noch einen angenehmen Aufenthalt im Luhg Holiday."

Ich staunte, das war eine lange Rede für einen Ghul. Ich war stolz auf Ruby, aber auch traurig, dass unser Wiedersehen von so kurzer Dauer war. Lange konnte ich jedoch nicht in düsteren Gedanken versinken, denn plötzlich gab es einen Tumult. Aus einer Ecke ertönte lautes Geschrei, und dann flitzte etwas Feuerrotes auf den Tisch zu, fegte darunter hindurch und umklammerte in Todesangst mein Bein.

„Er hat mich gebissen!", heulte es laut. Fassungslos hob ich die Tischdecke an und blickte in das tränenüberströmte Gesicht des kleinen Oliver.

Graf von Drachenfels zog seinen Sohn erbarmungslos unter dem Tisch hervor und hielt das strampelnde Bündel in die Höhe.

„Das geschieht dir nur Recht. Hoffentlich hast du deine Lektion jetzt endlich gelernt."

„Draco …", versuchte seine Frau ihn zu beschwichtigen.
„Nein, Samaritana, ich bin sicher, er hat es verdient", wehrte er ab.
„Hast du zuerst gebissen?", wandte er sich an Oliver.
Der schluchzte laut auf. „Ich darf das, ich bin doch ein Vampir!"
„Wen hast du gebissen? Wieder das kleine Ghulmädchen?", fragte sein Vater streng.
„Nein, den Ghuljungen dort. Igitt Ghulspucke", anklagend wies er auf Damien, der grad grinsend um die Ecke zur Küche verschwand und dem kleinen Vampir vorher noch eine lange Nase drehte. Angeekelt betrachtete dieser den Zahnabdruck auf seiner fleischigen kleinen Hand. Zwei winzige Blutstropfen schimmerten in einer schleimigen Speichelspur.
„Das geht vorüber, mein Junge. Doch sei auf der Hut! Leg dich nie mit Ghulen an, sonst verwandelt dich ihre Spucke, schneller als du denkst, in einen von ihnen", warnte der Graf mit einem unterdrückten Lachen in der Stimme. Oliver sah entsetzt zu ihm auf. Nein, das wollte er auf keinen Fall. Vielleicht war Beißen doch nicht so gut …
Ich schaute interessiert auf die Bisswunde. ‚Ganz schön spitze Zähne hat unser kleiner Kobold da. Die stehen denen der Vampire in nichts nach. Koboldspucke …', dachte ich. Dann musste ich grinsen. Damien gefiel mir immer besser.

Ruby war fort, doch ich hatte keine Zeit zum Trauern. Dimitri unterhielt mich mit Geschichten über seine Familie und sein Studium. Dazu unternahmen wir lange Spaziergänge. Die Sonne strahlte nur so vom Himmel, und die Vampire zogen sich tagsüber in ihre geheimen Kellerräume zurück, um erst am späten Abend wieder aufzutauchen.
Gudrun versuchte weiterhin, die Ghulkinder zu unterrichten, doch nur Tatjana hatte wirkliches Interesse. Den anderen wurde es schnell fad, es hielt sie bei dem schönen Wetter nicht lange auf ihren Stühlen in der dämmerigen Halle.

So hielten sich die Erfolge meiner Freundin in Maßen, während sich das kleinste der Ghulmädels ihr immer enger anschloss.
Betty hielt vergebens Ausschau nach dem Grafen und begann sich zu langweilen.
„Es wird Zeit, dass wir aus diesem Nest wegkommen", schmollte sie.

Am Dienstagmorgen kam Ruby in einem flotten pinkfarbenen Auto vorgefahren, um Gudrun, wie versprochen, zum Frisör zu bringen.
„Warum kommt ihr nicht auch mit?!", forderte sie Betty und mich auf. Wir waren sofort Feuer und Flamme.
Während ich mich auf dem Beifahrersitz niederließ, nahmen meine beiden Freundinnen hinten Platz.
„Seit wann hast du das Auto?", fragte ich interessiert.
„Seit gut zwei Jahren. Aber ich habe erst letzten Monat meinen Führerschein gemacht", rasant bog Ruby um die Ecke und auf die Hauptstraße ein. Sie grinste mich an: „Erinnerst du dich noch an Weihnachten vor sieben Jahren?" Ich nickte. Wie konnte ich das je vergessen!
„Dein Vater hat uns alle in seinen Wagen gepackt und ist mit uns durch die Stadt gefahren. Zum ersten Mal in meinem Leben saß ich in einem Auto und fuhr durch eine Wunderwelt mit beleuchteten Straßen, großen Häusern und festlich geschmückten Schaufenstern. Von da an stand für mich fest, dass ich einen anderen Weg gehen musste, um an all dem teilzuhaben. Ich gehörte nicht in die kleine versteckte Welt, die für meine Familie anscheinend ausreichend war. Ich wollte mehr! Und dazu gehörte als erstes ein Auto. Schließlich hatte damit alles begonnen, für mich war es eine Art Schlüssel zu einem anderen Leben. Verstehst du, was ich meine?"
Wieder nickte ich mit dem Kopf. Ich verstand Ruby sehr gut.
„Ich hatte unerwartetes Glück. Meine Oma hat noch Kontakte in der Stadt. Darunter war auch eine ältere Dame, die einen Kosmetiksalon betrieb. Sie suchte eine Nachfolgerin und erklärte

sich bereit, mich anzulernen. Sie war mit mir zufrieden, denn die Arbeit ging mir leicht von der Hand, und ich brachte gute neue Ideen ein. So konnte ich vor einem halben Jahr bereits übernehmen." Ein zufriedenes Lächeln huschte über ihr Gesicht. „Meine Mutter konnte mich überhaupt nicht verstehen, aber irgendwann gab sie sich damit ab, dass ich eigene Wege ging, ebenso wie der Rest der Familie es akzeptieren musste. Sie sind natürlich schon etwas traurig, dass ich nun nicht mehr im Luhg Holiday wohne."
„Ruby, ich freue mich sehr für dich. Das Luhg Holiday hat sich übrigens auch mächtig rausgemacht in den letzten Jahren", sagte ich, als der Wagen vor einem schmucken kleinen Laden in einer Seitenstraße der Stadt, durch die wir schon eine geraume Zeit gefahren waren, hielt.
Auf einem Schild stand in geschnörkelter Schrift: RUBYS KOSMETIKSALON.
Darunter stand es rückwärts. Aha, hier zählten also auch Ghule zu den Kunden.
„Wollten wir nicht zum Frisör?", fragte Gudrun erstaunt, während Betty ein bewunderndes: "Oh, ist das hübsch" von sich gab.
Ruby lachte:
„Geduld, der Frisör läuft uns nicht weg. Zuerst möchte ich euch gern auf eine Tasse Tee einladen."
Neugierig sahen wir uns um, während Ruby durch eine Hintertür verschwand. Der Kosmetiksalon war hell und sehr geschmackvoll eingerichtet. Wir ließen uns in einer gemütlichen Sitzecke nieder und nahmen wenig später unsere aromatisch nach Zimt und Marzipan duftenden Getränke entgegen. Dazu gab es Anisplätzchen und winzige Mandelmakronen.
„Ich habe ein geräumiges Zimmer mit integrierter Küche und ein Badezimmer hinter dem Salon. Das ist in der Miete mit drin, und für mich ist es einfacher so", erklärte uns Ruby.
„Entspannt euch noch ein wenig, in einer halben Stunde ist Gudruns Frisörtermin. Ihr könnt entweder hier warten oder mit-

kommen, ganz wie ihr wollt. Ich selber habe alle Termine auf den Nachmittag verlegt, so bleibt uns noch genug Zeit für einen kleinen Imbiss in der Stadt nachher, das Brillengeschäft und die Rückfahrt natürlich."
Wir entschieden uns, Ruby und Gudrun zum Frisör zu begleiten. Es war nicht weit zu laufen.

Insgeheim hatte ich eine Ghul-Frisörin erwartet, doch ein wenig enttäuscht stellte ich fest, dass es sich um ein menschliches Exemplar handelte. Schlank, hochgewachsen und mit einem Schirokesenschnitt im feuerroten Haar stand sie uns gegenüber.
„Das ist Amanda, sie stammt ursprünglich aus Irland und zählt inzwischen zu meinen besten Freunden", sagte Ruby und stellte uns ebenfalls vor.
Amandas grüne Augen blitzten, als sie mir plötzlich mit der Hand durch die Haare fuhr.
„Sabrina, die könnten ein wenig mehr Pflege vertragen."
Ich wurde rot. Doch sie hatte sich schon umgedreht und musterte Bettys Haar. „Sehr schön", lautete der knappe Kommentar, und Betty strahlte.
„Wir sind eigentlich wegen Gudrun gekommen, sie ...", begann Ruby.
„Ich weiß", Amanda grinste spitzbübisch und zeigte dabei zwei Grübchen, „das bekommen wir schon hin."
„Ich möchte aber auf gar keinen Fall so einen Haarschnitt wie Sie!" Gudrun war noch eine Spur bleicher geworden. Ich fuhr zusammen. Oje, wie taktlos war das denn?!
Doch die Frisörin nahm das nicht krumm, sondern sagte sachlich:
„Das würde dir ohnehin nicht stehen. Dazu hast du ein viel zu rundes Gesicht. Lass mich nur machen."
Zuerst wurde das Haar gründlich gewaschen, und dann ging es los. Schnipp schnapp, die Schere klimperte, die Haare bildeten inzwischen schon einen hübschen kleinen Berg am Boden, doch

noch immer sprang Amanda wie Rumpelstilzchen um den Frisierstuhl herum.
Föhnen, Haarspray und ... „Fertig!"
Das Mädchen mit dem flotten Kurzhaarschnitt, das uns jetzt fragend anblickte, konnte unmöglich Gudrun sein. „Wow", war alles, was ich herausbrachte. Betty hatte den Mund leicht geöffnet und betrachtete dann ihr eigenes Haar skeptisch im Spiegel. Vielleicht sollte sie auch ... doch dann schüttelte sie heftig den Kopf.
Ruby hatte alles still beobachtet und musste lachen.
Dann umarmte sie Amanda und bedankte sich für Gudrun, die noch immer fassungslos in den Spiegel starrte.
Amanda wirbelte mit dem Besen durch den Laden.
„Junge Dame, ich muss mal eben zusammenfegen!"
Gudrun zuckte zusammen und bedankte sich stammelnd. Die Frisörin winkte uns fröhlich hinterher, als wir den Laden verließen.
„Ruby, wir haben ja gar nicht gezahlt", sagte ich entsetzt.
„Das ist schon okay, Mandy kommt dafür mal auf einen Tee oder auf eine Schönheitsmaske vorbei, dann sind wir wieder quitt", sagte das Ghulmädchen belustigt. „Nun aber los, da vorn ist ein Optiker!"
Im Brillengeschäft bediente uns ein schlankes, flinkes Männlein mit dunklem Schnurrbart und schwarzen Augen.
„Sicher ein Orientale, deshalb auch dieser seltsame Name", wisperte mir Betty zu.
Wenig später kamen wir mit einer strahlenden Gudrun aus dem Laden.
„Richtig schmuck siehst du aus mit deiner neuen Frisur und der modernen Brille", sagte Betty anerkennend.
Kontaktlinsen hatte das Mädel strikt abgelehnt.
„Wieso hatte der Optiker eigentlich gleich eine passende Brille mit Gläsern in der richtigen Stärke da?", fiel es Gudrun plötzlich ein.

„Denk nicht zu viel drüber nach. Hauptsache, es hat geklappt! Und jetzt lasst uns essen gehen, mir ist schon ganz schlecht vor Hunger", antwortete Ruby.

Ich sah mich nochmals nach dem Brillengeschäft um, konnte aber nichts Seltsames entdecken. Normalerweise wurde die Sehstärke überprüft, dann wurden die Gläser geschliffen und in das Gestell eingepasst, aber auf keinen Fall konnte man die Brille gleich mitnehmen.

Ruby grinste und zwinkerte mir zu. Da fiel mir das kleine Schild über dem Laden in die Augen: RETSIM CIGAM. In der Eile hatte ich gar nicht weiter darauf geachtet, aber das erklärte einiges.

Der Vormittag gipfelte in einem leckeren Mittagessen beim Chinesen. Ich befolgte Rubys Tipp und aß „Schweinefleisch süßsauer" und hinterher „Banane in Teig gebacken".

Gut gelaunt und mit vollen Mägen machten wir uns gegen 14 Uhr auf den Rückweg zum Luhg Holiday.

Es folgte ein wundervoller Nachmittag, den ich mit Dimitri verbrachte. Wieder gingen wir in den Wald und sprangen dort ausgelassen wie die Kinder umher. Mein Werwolf kannte jeden Baum und jede Pflanze hier, ja mehr noch, er wusste über jedes Lebewesen, einschließlich der Tiere des Waldes, eine interessante kleine Geschichte zu erzählen. So verging der Tag wie im Flug, und schon bald wurde es Zeit für das Abendessen. Alle hatten sich am Tisch versammelt, und Jeremias verkündete, dass am späten Abend noch Besuch erwartet würde.

„Das können nur Vampire sein", raunte ich Dimitri hinter vorgehaltener Hand zu. Ich wusste doch, wie sehr diese das Tageslicht scheuten. Ob sie wirklich in den Sonnenstrahlen verbrannten? Ich beschloss, meinen Tischnachbarn zu einem späteren Zeitpunkt danach zu fragen. Vorerst widmete ich mich jedoch meiner knusprig gebratenen Hähnchenkeule.

Ich sollte Recht behalten. Ein älteres Vampirehepaar erschien eine Stunde nach Sonnenuntergang, also recht spät. Für mich wurde es Zeit, mich zu empfehlen, der Tag war doch recht an-

strengend gewesen. Auch Dimitri gähnte herzhaft und begab sich in sein Schlafgemach am Ende des langen Flures.
Gudrun schlief bereits, wie ich anhand der Geräusche aus dem Bett vernehmen konnte. Auf dem Weg dorthin stolperte ich im Dunkeln über ihre Schuhe, die unordentlich mitten im Weg standen, und fiel der Länge nach hin. Verärgert rappelte ich mich auf und rieb mir das Knie. Autsch, tat das weh!
„Musst du solch einen Lärm machen", grummelte es verschlafen unter einem Haufen Decken hervor. Das hatte ich nun davon. Um sie nicht zu wecken, hatte ich kein Licht angeknipst. Selber schuld!

Der nächste Tag hatte vielversprechend mit Sonnenschein begonnen, doch das Glück währte nicht lang. Ich war kaum mit Dimitri unterwegs, da zogen düstere Wolken auf.
„Oje, das gibt bestimmt ein Gewitter", murmelte er. Kichernd rannten wir durch den Wald.
„Wo müssen wir eigentlich lang?" Ich hatte inzwischen die Orientierung verloren und amüsierte mich köstlich. Er nahm mich am Arm, und ich lachte albern.
„Jetzt bin ich Rotkäppchen! Fang mich doch!" Mit einem Ruck hatte ich mich losgerissen und rannte blindlings los.
„Warte, ich wollte eigentlich die Großmutter jagen! Schon vergessen?" Mit wenigen Schritten hatte er mich eingeholt. Es begann zu grummeln.
„Sabrina, im Ernst, wir müssen ins Luhg Holiday zurück", seine Stimme klang besorgt.
„Okay, dann führen Sie mich, Herr Wolf!" Lachend liefen wir aus dem Wald, den kleinen Abhang hinunter. Jetzt fielen bereits die ersten Regentropfen, und grelle Blitze zuckten über einen immer finsterer werdenden Himmel. Ein ohrenbetäubender Donnerschlag ließ mich zusammenzucken. Wir rannten schneller und erreichten kurz vor der Sintflut die Eingangstür zum Luhg Holiday.

Viele Augenpaare sahen uns entgegen, als wir mit unseren schlammigen Schuhen die Eingangshalle, die auch als Speisesaal diente, betraten.

Bei dem düsteren Wetter waren die Vampire aus ihrem Verschlag gekrochen. Oliver wuselte hinter uns herum und betrachtete interessiert die matschigen Fußspuren, die wir hinterließen.

Es waren auch neue Gäste hinzugekommen, die recht menschlich anmuteten. Ein Ehepaar mit zwei kleinen Mädchen, die etwas verschüchtert auf dem Sofa saßen und von dort aus still die fröhlich herumtollenden Kinder des Hauses betrachteten.

„Nanu, Oliver", sagte ich laut und erwischte den Kleinen, indem ich grob in seinen feuerroten Haarschopf packte.

Seine Mutter eilte herbei und zog ihn sofort von mir weg.

„Er könnte beißen", erklärte sie besorgt, und ein Blick auf seine gefletschten Zähne bestätigte mir, dass ich besser aufpassen sollte.

Ich nutzte die Gunst der Stunde.

„Ist der Kleine krank? Ich habe ihn noch nie draußen spielen sehen", fragte ich mit möglichst harmloser und butterweicher Stimme.

„Nein, es geht ihm gut. Aber er hat so eine Art Sonnenallergie. Die meisten in unserer Familie haben eine sehr lichtempfindliche Haut. Deshalb gehen wir auch meist erst nachts mit ihm auf den Spielplatz." Die Gräfin sah mich an, doch ich vermied wie immer jeden Augenkontakt und starrte auf die helle Haut an ihrem Hals, die so durchscheinend war, dass ich abermals meinte, das Blut darunter pulsieren zu sehen.

„Ja, nachts ist es sicherlich besser für ihn", bestätigte ich und setzte in Gedanken hinzu: ‚Und vor allem für die anderen Kinder'.

Kerzenschimmer tauchte die Halle in ein fast unwirkliches Licht. Dimitri und ich gingen uns umziehen, nachdem wir die verschmutzten Schuhe ausgezogen und in die Hand genommen hatten und barfuß die Treppe hinaufstiegen.

Als Dimitri, in trockene Klamotten gehüllt, wenig später an meine Tür klopfte, sah ich mich vorsichtig nach allen Seiten um und zog ihn dann ins Zimmer. Irritiert sah er mich an.
„Dimitri, was hat es eigentlich mit dieser Lichtempfindlichkeit der Vampire auf sich? Verbrennen sie im Sonnenlicht?", fragte ich ihn leise. Mein Freund musste lachen.
„Nein, sie verbrennen nicht. Aber sie haben einen empfindlicheren Teint als Menschen oder Werwölfe zum Beispiel. Vampire bekommen schnell einen Sonnenbrand und oftmals wirft ihre Haut dann sogar schmerzhafte Blasen. Also meiden sie klugerweise das Sonnenlicht." Unruhig sah ich zur Tür.
Dann berichtete ich ihm von Oliver.
„Es sind neue Vampire gekommen gestern Nacht, aber sie haben keine Kinder dabei. Bisher habe ich nur ein Vampirkind gesehen: Oliver!"
„Ja, es ist tragisch. Sie haben nicht viele Nachkommen, und ihre Blutlinie ist vom Aussterben bedroht. Deshalb wird jeder kleine Vampir gehütet wie ein Augapfel."
Ich nickte. Ja, das hatte ich bemerkt. War da nicht ein Geräusch? Hastig sah ich abermals zur Tür.
„Also wirklich, Sabrina, hast du etwa Angst, dass man uns hier zusammen sieht?" Belustigt sah er mich an.
Ich wurde rot und schüttelte den Kopf.
„Nein, ist ja eigentlich Quatsch, oder?"
Dimitri nickte zustimmend.
„Lass uns trotzdem lieber runtergehen. Ich könnte jetzt etwas Kräftiges zu essen vertragen." Noch immer grinsend hakte er sich bei mir unter, und Arm in Arm stiegen wir die Treppe zur Eingangshalle hinab. Ich fühlte mich wohl in meinem warmen Pullover und an seiner Seite.
Nach einer ausgiebigen Mahlzeit saß ich neben Dimitri gemütlich in der Sofaecke.
Das Handy bimmelte wie immer zu einer ungünstigen Zeit.
Diesmal war es Jan.

„Sag mal, Bruderherz, wo bist du eigentlich abgeblieben nach der Aufführung letzte Woche?", erkundigte ich mich in freundlichem Ton. Von ihm war ich ja schon gewohnt, dass er auftauchte und verschwand, wie es ihm gerade in den Sinn kam.
„Deshalb rufe ich dich an. Habe Top-Neuigkeiten! Am Sonntag hatte ich einen Termin im Roxby, zum Vorspielen. Ich hab den Job! Samstag hab ich meinen ersten Auftritt! Na sind das Neuigkeiten oder nicht?"
Ich pfiff durch die Zähne. Wow! Wer im Roxby spielte, hatte es so gut wie geschafft.
„Gratuliere, alter Knabe! Dann kommst du also am Wochenende nicht im Luhg Holiday vorbei?" Einerseits gönnte ich ihm seinen Erfolg, andererseits war ich ein wenig enttäuscht.
„Nee, geht nicht, leider! Sag mal, seid ihr immer noch dort? Ich dachte, ihr wolltet nach Spanien?"
„Och, wenn du wüsstest, was sich inzwischen alles ereignet hat …"
Er unterbrach mich: „Muss gleich wieder lossausen, Schwesterchen! Ach übrigens: Mama lässt Grüße ausrichten, und du sollst dich mal wieder melden."
Ich stöhnte. „Weiß sie, wo ich bin?"
„Nöö, nur Papa. Ach, noch was! Ist Dimitri auch dort?"
„Ja klar, willst du ihn mal sprechen?"
Seine Stimme wurde hektisch: „Nein, er ist ein Wer…"
„Ich weiß Bescheid", unterbrach ich ihn.
„Dann pass gut auf! Morgen ist nämlich Vollmond", warnte er mich eindringlich, bevor er auflegte.

Der nächste Morgen kündigte sich mit strahlendem Sonnenschein an. Keine Spur mehr von dem Gewitter am Vortag.
„Keine gute Zeit für Vampire", dachte ich und konnte ein Grinsen nicht unterdrücken. Leise klopfte ich an die letzte Tür im Korridor, und kurz darauf stand mir ein barfüßiger Dimitri im Morgenmantel gegenüber.

„Stör ich dich bei deiner Morgentoilette?", wollte ich wissen, doch dann fiel mein Blick auf seine Füße, und der Satz blieb mir förmlich im Munde stecken. Dimitri lachte und zog mich in das Zimmer. Nachdem er die Tür geschlossen hatte, wies er auf seine Treter.
„Ein Erbe der Wölfe", grinste er, „Werwölfe haben nur vier Zehen an jedem Fuß, aber ansonsten sind wir menschlicher, als du denkst."
„Oh, wie Kobolde, sie haben auch nur vier Finger und Zehen, also acht, meine ich ...", noch etwas verwirrt, geriet ich ins Stottern.
Dimitri hielt mir seine gepflegten, schmalen Hände entgegen.
„Nein, wir können durchaus fünf Finger an jeder Hand aufweisen."
Ich schaute ihn prüfend an. Irgendetwas war anders als sonst.
„Sabrina, ich werde nachher fort sein, such mich nicht. Es muss so sein", sagte er leise.
„Du verlässt das Luhg Holiday?", fragte ich entsetzt. Das durfte nicht sein! Was sollte ich hier ohne ihn?
„Nein", beruhigte er mich, „ich gehe nicht weg. Ich verschwinde nur für diese eine Nacht, es ist aus Sicherheitsgründen."
„Hängt es mit deiner Verwandlung zum Werwolf zusammen?" Ich schaute ihn ernst an. Hatte ich gedacht, es ginge einfach so weiter? Es würde nichts passieren? Er war nicht wie ich!
„Ja, genau. Für eine Nacht gehe ich hinter Schloss und Riegel. Nur Jeremias kennt den Ort. Es ist besser, wenn niemand weiter weiß, wo ich bin. Morgen bin ich dann wieder da, in alter Frische."
„Haben wir nach dem Frühstück noch Zeit für eine Waldwanderung? Ich meine, wann ..."
Dimitri nickte: „Bis zum Nachmittag stehe ich Ihnen zur Verfügung, Madame." Er verbeugte sich mit einem schalkhaften Blitzen in seinen Augen. Ich musste lachen, die Situation war entschärft. Ich beobachtete interessiert das Spiel seiner Muskeln

unter der gebräunten und glatten Haut, als er sich anzog. Kein Anzeichen von einem Wolf …

Die Zeit mit Dimitri verging wie im Flug, viel zu schnell war es Zeit für das Mittagessen. Gudrun räumte am Tisch gerade strahlend die Hefte und Bücher zusammen. Ihre kleine Gruppe bestand jetzt nur noch aus Tatjana und den beiden neu angekommenen Mädels, die sehr gern am Unterricht teilnahmen. Yvonne war acht Jahre alt und Dominique ein gutes Jahr jünger. Betty unterhielt sich angeregt mit Konstanze, sicherlich ging es um Mode oder Frisuren.

Ich beschloss, in die Küche zu gehen und Eusebia ein wenig zu helfen. Die freute sich riesig, mich zu sehen, und gemeinsam deckten wir kurz darauf den Tisch. Die Vampire waren nicht erschienen, und Betty blickte missmutig auf die leeren Stühle.

„Wahrscheinlich macht sie sich immer noch Hoffnungen auf den Grafen", dachte ich spöttisch.

Die Fleischpasteten schmeckten ausgezeichnet, das fanden wohl auch die Ghulkinder, die ausnahmsweise einmal mit am Tisch saßen und tüchtig reinhauten. Damien liebäugelte mit dem süßen Nachtisch, und ich schob ihm großzügig meinen Schokopudding zu, den er laut schmatzend verzehrte. Wir ernteten einen missbilligenden Blick von Konstanze.

Nach dem Essen zog mich Betty beiseite.

„Sabrina, ich habe gesehen, wie der Graf gegen Morgen im Keller verschwand. Wenn er wirklich ein Vampir ist, müsste er doch jetzt in seinem Sarg schlafen …", sie zauderte, „meinst du, wir könnten mal ganz leise hinunterschleichen und nachsehen?"

Vorsichtig blickte sie sich nach allen Seiten um. Ich überlegte. Es war gefährlich. Was, wenn die Vampire gar nicht schliefen? Bei schlechtem Wetter waren sie oftmals tagsüber in der Halle anzutreffen. Andererseits – ich war so lange nicht mehr unten im Keller gewesen. Sollte ich eines der Ghulkinder ins Vertrauen ziehen? Doch die waren wie vom Erdboden verschluckt. Mich juckte es geradezu in den Fingern.

„Sabrina, ich lege mich ein wenig aufs Ohr, das wird eine lange Nacht für mich", Dimitri hatte sich lautlos genähert und strich mir sanft übers Gesicht.
Betty schaute ihm verwirrt nach.
„Was meint er? Was ist denn heute Nacht? Wieder eine Show, wie letzte Woche?"
Ich schüttelte den Kopf:
„Nicht, dass ich wüsste. Also gut, warten wir, bis die Halle leer ist und verschwinden dann nach unten."
Wir brauchten nicht viel Geduld. Eusebia und Gudrun verschwanden in der Küche, Konstanze und Jeremias fuhren zum Einkaufen, Erasmus war auf dem Sofa eingenickt und die Ghulkinder mit Yvonne und Dominique wahrscheinlich nach draußen verschwunden. Das Menschenehepaar war in ein Gespräch vertieft und beachtete uns nicht.
Vorsichtig bewegten wir uns auf die Kellertür zu. Sie quietschte ein wenig beim Öffnen. Es war gut, dass inzwischen vereinzelte Fackeln an den Wänden das alte Kellergewölbe schwach beleuchteten, denn natürlich hatten wir keine Taschenlampen dabei. Ab und zu huschte etwas an unseren Füßen vorbei. Betty unterdrückte einen spitzen Schrei, und ich sah sie warnend an. Da waren die Regale mit Konserven, noch immer hingen Würste und Schinken von der Decke herab, die alten Kisten mit Büchern, Schmuck und den Kostümen, die zu besonderen Anlässen hervorgeholt wurden. Was hatten wir für einen Spaß damals als Kinder, als wir hier auf Schatzsuche gingen. Weiter hinten, um die nächste Ecke herum, würde uns der Erdhaufen mit den eingebuddelten Vorräten der Ghule erwarten. Oh ja, ich kannte mich noch immer aus hier. Im Gegensatz zum Erdgeschoss hatte sich im Keller nicht viel verändert. Aber wo waren die Särge mit den Vampiren? Sollten die etwa nicht standesgemäß in den alten Kisten schlafen? Zur Probe öffnete ich eine, doch es befanden sich nur Bücher darin.
Plötzlich fiel mir der andere Gang ein, durch den wir in der Nacht der Aufführung gelaufen waren.

„Wir müssen zurück, Betty", raunte ich und gab ihr einen kleinen Schubs. Verdutzt schaute sie mich an. Ihre Erinnerungen waren ausgelöscht, aber meine nicht.
Ich fand den Gang direkt neben den Regalen. Er wand sich leicht ansteigend zum Ausgang, der durch eine Tür verschlossen war. Und nun? Ratlos sah ich Betty an. Hier war nichts. Enttäuscht machten wir uns auf den Rückweg.
Betty trat auf etwas Weiches und schrie auf. Erschrocken hielt ich ihr die Hand vor den Mund.
„Eine Ratte", wisperte sie entsetzt und schüttelte sich.
„Das kann gut sein, mach bloß keinen Lärm jetzt. Das arme Tier war bestimmt genauso erschrocken wie du. Schließlich bist du auf sie draufgetreten und nicht umgekehrt." Ich wollte mich abstützen, aber meine Hand griff ins Leere. Das heißt, der Vorhang, der den dahinter liegenden Raum vom Gang trennte, hielt meinem Gewicht nicht stand, und fast wäre ich gefallen. Staunend betraten wir eine unterirdische Halle, die nur von drei Fackeln an den Wänden schwach beleuchtet wurde.
Nebeneinander standen dreizehn Särge aus glänzendem schwarzem Holz. Einige waren geöffnet und mit rotem Samt ausgelegt. Fünf von ihnen waren jedoch geschlossen. Ich hielt den Atem an. Wir waren am Ziel.
„Soll ich?" wisperte ich. Betty schüttelte panisch den Kopf. Typisch, dabei war sie es doch, die hierher kommen wollte. Entschlossen öffnete ich den Deckel des Sarges, der mir am nächsten stand.
„Schau nur, wie süß", entfuhr es mir. Da lag Oliver in tiefem Schlummer auf Samt gebettet, und sein Haar leuchtete im Schein der Fackeln. Er hatte sich zur Seite gerollt und sein Daumen steckte noch im Mund. Vorsichtig schloss ich den Deckel wieder.
Betty war nun auch mutig geworden und öffnete den nächsten Deckel. Fasziniert beugten wir uns über den offenen Sarg. Auf dunkelblauer Seide lag der Graf von Drachenfels und schlief. Verzückt betrachtete meine Freundin sein markantes Gesicht.

In diesem Moment hörte ich ein Geräusch. Es war ein Rascheln, doch nicht das eines Nagetieres. Vorsichtig schlich ich hinüber und griff zu.

„Damien", zischte ich verärgert und zerrte den Jungen hinter einem leeren Sarg hervor.

Betty fuhr zusammen und ließ den Sargdeckel fallen. RUMMMMS! Mit einem lauten Knall fiel der Deckel auf den Sarg zurück. Entsetzt sahen wir drei uns an.

„Nichts wie weg hier", rief ich mit unterdrückter Stimme. Nicht auszudenken, wenn die Vampire nun aufwachten und uns verfolgten. Das Bild blutrünstiger Fledermäuse erschien vor meinen Augen.

„Hier entlang", sagte Damien leise und wies auf den schmalen Gang, der bergauf führte.

Ich verstand: Im Kellergewölbe hätten wir geringere Aussicht, unseren Verfolgern zu entkommen. Atemlos erreichten wir die Tür. Was, wenn sie nun verschlossen war? Zu meiner Erleichterung ließ sie sich ganz leicht öffnen, und dann standen wir aufatmend im hellen Sonnenlicht. Wir waren in Sicherheit.

„Damien, was hattest du im Keller bei den Vampiren verloren?", fragte ich streng. Der Kleine trat verlegen von einem Fuß auf den anderen. Dann schaute er mich mit seinen schwarzen Augen an und lächelte verschmitzt.

„Sabrina, es ist unser Keller, wie du weißt. Aber was hattet ihr dort eigentlich zu suchen?" Noch ehe ich ihm antworten konnte, war er auf und davon. Einfach verschwunden. Wir beschlossen, so lange es ging, in der Sonne zu bleiben. Doch der Abend nahte unaufhaltsam mit jeder Sekunde, und irgendwann würden wir den Vampiren gegenüberstehen.

Mit gemischten Gefühlen ging ich an diesem Abend gemeinsam mit Betty und Gudrun die Treppe hinunter. Große Erwartungen hatte ich nicht, denn Dimitris Platz an meiner Seite würde leer sein. Und auch Ruby und Jan würden fehlen.

Seltsamerweise fehlte der gewohnte Essensduft, der sonst die Halle durchströmte. Sie war düster und leer.

„Na toll!", Gudrun verzog das Gesicht schmerzhaft. „Mir hängt der Magen in der Kniekehle, und hier ist tote Hose."

Betty blickte sich empört um.

„Kein Abendessen?", brummte sie missmutig.

„Moment, das kann doch gar nicht sein!" Ich erinnerte mich an die Erzählung der Ghule, als schon einmal alles öd und verlassen schien. Ein Schauder lief mir über den Rücken.

Doch da erblickte ich das Plakat auf dem Tisch, das von zwei Kerzen beleuchtet wurde: VOLLMONDPARTY AUF DER DACHTERRASSE.

In unbeholfener Kinderschrift mit bunten Stiften geschrieben und gleich darunter noch einmal rückwärts.

Wir sahen einander an. Wo ging es zum Dach? Jan hatte einmal davon berichtet, doch ich selber war nie so weit in die oberen Teile des Hauses vorgedrungen.

„Auf jeden Fall müssen wir wieder ins erste Stockwerk", stellte Gudrun sachlich fest.

Wir gingen oben bis ans Ende des Korridors, wo sich Dimitris Zimmer befand. Ob er wohl noch da drin war? Sollte ich …? Doch dann schüttelte ich den Kopf. Nein, es war zu gewagt.

Es gab nirgends eine Treppe oder Falltür. Wo war nur der Eingang zur Dachterrasse? Hinter uns erklang ein Kichern. Ich packte schnell zu und hielt Thusnelda am Zopf fest.

Sie versuchte, sich zu befreien und fragte dann: „Sucht ihr die Terrasse?"

„Bingo", sagte ich. Das Ghulmädel wollte sich ausschütten vor Lachen, dann öffnete es die Tür gegenüber Dimitris Gemach. Staunend betraten wir einen riesigen Raum, von dem eine Leiter steil nach oben führte. Sogleich erklomm ich die Sprossen, doch Thusnelda schüttelte den Kopf: „Dort hausen wir."

Ein Aha-Effekt stellte sich ein. Ghule wohnten auf verstaubten Dachböden, na klar. Ich sah mich hilflos um. Thusnelda drückte einen Knopf und lautlos glitt ein schwerer weinroter Samtvor-

hang zur Seite. Dahinter wurde eine breite Marmortreppe sichtbar, die ins Freie führte.
Noch war die Sonne nicht untergegangen, doch schon färbte sich der Himmel rot und bot ein wunderbares Schauspiel.
„Ist das toll!", entfuhr es Betty. Das war es wirklich, atemberaubend. Die Terrasse war festlich mit Lampions geschmückt, es gab Kuschelecken mit niedrigen Tischen, gemütlichen Sofas und weichen Kissen, aber auch Essecken mit Stühlen. Überall tummelten sich Gäste, die ich zuvor nicht gesehen hatte. Noch fehlten die Vampire. Betty schien enttäuscht.
„Dein Galan kommt erst nach Sonnenuntergang", raunte ich ihr boshaft ins Ohr, während wir uns auf einem der Sofas niederließen.
Ghulkinder liefen umher, anscheinend waren viele Ghule unter den Gästen heute Abend. Damien saß bei einer Familie, die ich nicht kannte und schmauste mit deren Kindern um die Wette. Auf dem Tisch prangte eine große Sahnetorte.
‚Eine Koboldfamilie', mutmaßte ich und betrachtete sie eingehender. Sie waren rundlicher und kleiner als die Ghule, hatten aber das gleiche dunkle Haar und ebenso kohleschwarze Augen. Auch die Essmanieren waren ähnlich, man nahm die Hände und schmatzte genüsslich beim Kauen. Nur bevorzugten diese kleinen Wesen, die die Natur und den Wald über alles liebten, süße Speisen und Obst.
Jeremias betätigte den Grill, auf dem verlockend duftende Fleischspießchen vor sich hin brutzelten. Auf der einen Seite war ein riesiges Büffet mit Köstlichkeiten aller Art aufgebaut: Kuchen, Pasteten mit Fleisch- oder Obstfüllung, Süßspeisen, Salate, Aufläufe und Erfrischungsgetränke.
Die Ghule hielten sich an das Fleisch. Vom Nebentisch hörte ich einen von ihnen sagen: „Es ist zwar noch nicht ganz reif, aber es schmeckt delikat." Anerkennend betrachtete er den Hammelspieß, bevor er ihm mit seinen klauenartigen Fingern zu Leibe rückte.

Mein Blick wanderte weiter und blieb an der Familie mit den beiden Mädchen hängen. Yvonne fehlte, sie saßen nur zu dritt am Tisch. Ich zuckte die Schultern, sicher war die Kleine hier irgendwo.

Auf einmal gingen die Lampions wie von Zauberhand an. Die Sonne versank und machte einem riesigen Vollmond Platz, der scheinbar direkt über der Dachterrasse hing. Ein Tusch und Konstanze erhob sich feierlich.

„Verehrte Gäste, ich möchte Sie herzlich zu unserer kleinen Vollmondparty willkommen heißen. Das Luhg Holiday ist ja für besondere Überraschungen und Events bekannt. Wir werden Sie auch heute Nacht nicht enttäuschen."

Applaus, der nicht abebben wollte. Durch den Vorhang kamen sie, die Vampire. Stolz in ihren schwarzen Umhängen, allen voran Graf von Drachenfels. Ich fühlte, wie Betty neben mir erbebte. Doch es waren viele, mindestens dreißig, schätzte ich. Erasmus ließ die Geige erschluchzen, und tief und dunkel erklang die volle Stimme Konstanzes. Melancholisch, lockend, versprechend und geheimnisvoll schallte das Lied in die Vollmondnacht, und mir lief ein Schauder über den Rücken.

Jetzt spielte die Musik mal wild, mal fast zärtlich. Paare tanzten dazu, Kinder wirbelten bunt durcheinander. Karaffen mit rot funkelndem Wein wurden herumgereicht. War es Wein? Ich wollte dem heute lieber nicht auf den Grund gehen. Betty trank schon viel zu viel davon und warf schmachtende Blicke zum Tisch des Grafen hinüber.

„Liebes, sollten wir nicht mal nach Yvonne schauen?" Am Nebentisch erklang eine besorgte Stimme.

„Ach Bernd, ich bin mir sicher, dass sie schläft. Sie hat noch immer leichtes Fieber, aber es ging ihr schon viel besser vorhin", kam es beruhigend zurück.

Yvonne war also krank. So verpasste sie den schönen Abend. Noch jemand fehlte. Vergebens suchte ich ein kleines feuerrotes Köpfchen. Ob Oliver auch krank war? Blass genug hatte er ja ausgesehen. ‚Blödsinn, er ist ein Vampir, er muss so aussehen', rief ich mich zur Ordnung.

Ich sah sinnierend zum Grafen hinüber, und unsere Blicke kreuzten sich. Es durchfuhr mich wie heißes Eisen. Wankend stand ich auf, als er auf unseren Tisch zukam und sich vor mir verneigte. Ich war benommen, sah nicht den Schock und die Enttäuschung in Bettys Augen, als er mich zum Tanz führte.

War es ein Traum? Ich tauchte in das Gold seiner Augen.

„Du gehörst zu mir, ich wusste es von Anfang an", raunte er mir ins Ohr. Viel zu nah kamen seine Lippen. In Gedanken sah ich spitze weiße Zähne, Blut.

„Werde eine von uns, werde mein", dröhnte es in meinem Kopf.

„Ich ...", willenlos hing ich in seinen Armen.

Da zerriss ein Schrei die Klänge der Musik. Auf einmal herrschte Totenstille.

Dann ein Heulen, durchdringend, anklagend.

„Dimitri!" Mit einem Ruck machte ich mich los. Das war Dimitri, wie damals in jener Nacht. Doch diesmal war es ernst. Er brauchte mich. Was tat ich hier eigentlich?!

Der Zauber war gebrochen. Wütend funkelte ich den Grafen an. Der trat einen Schritt zurück.

„Ich habe verloren", sagte er leise. Galant verließ er die Bühne, in dem Wissen, dass sein Akt vorbei war. Er hatte keine Macht mehr über mich.

Ich raste die Marmorstufen hinab, durch den Raum, den Korridor entlang und die Treppe hinunter, gefolgt von Hotelgästen: Menschen, Ghulen, Kobolden und Vampiren.

„Sie ist nicht in ihrem Zimmer!", kreischte es plötzlich hysterisch hinter mir.

Ich rannte weiter, nur raus, so schnell wie möglich. Das Heulen kam aus dem Wald. Den Grafen dicht auf den Fersen stolperte ich die Böschung hoch. Und da sah ich ihn: Einen riesigen Wolf, der sich auf die Hinterläufe erhoben hatte und den Mond anheulte. Ich raste auf ihn zu.

„Nein", befahl Graf von Drachenfels, doch er konnte mich nicht stoppen. Nichts konnte mich jetzt halten.
Fast hatte ich ihn erreicht, da kam er drohend auf mich zu.
„Dimitri", lockte ich ihn gurrend. „Dimitri, ich bin es."
Der Wolf schien zu zaudern. Jetzt erst entdeckte ich das zitternde Mädchen, das verängstigt am Boden kauerte.
„Yvonne, komm ganz langsam zu mir", rief ich ihr zu, doch das Mädel war starr vor Angst und rührte sich nicht.
Hinter mir erklang lautes Schluchzen. „Oh Yvonne, warum habe ich dich allein gelassen?"
Ich trat noch einen Schritt auf Dimitri zu. Der Wolf rollte mit den Augen und knurrte leise.
Verzweifelt sah ich zum Mond hinauf, die Nacht war noch lang.
„Dimitri, erinnerst du dich an den Regen?" Er sträubte das Nackenfell, dennoch legte er den Kopf zur Seite, als ob er lauschen würde.
„Ich war Rotkäppchen. Du hast mich gefangen. Schau, ich bin jetzt bei dir, lass das Mädchen gehen."
Sanft sprach ich und lockend. Dabei sah ich ihm fest in die Augen, aus denen langsam das Wilde wich. Ich glaubte einen Schimmer von Erinnerung in ihnen zu erkennen.
„Du bist Dimitri, Student der Medizin. Wir haben viele Pläne, weißt du noch?"
Er ließ sich auf vier Pfoten nieder und sah mich unverwandt an. Vorsichtig streckte ich die Hand aus und berührte ihn. Ein Beben durchfuhr seinen Körper.
„Du brauchst keine Angst zu haben, niemand tut dir was. Es sind alles Freunde", beruhigte ich ihn.
Dann fiel mir etwas ein.
„Du bist kein Werwolf, denn ich kenne deinen Namen, Dimitri! Ich muss nicht fragen, wer der Wolf ist. Er heißt Dimitri."
Argwöhnisch sah er mich an, dann gab er ein erstauntes Geräusch von sich, entspannte sich und trottete neben mir her zum Luhg Holiday.

Hinter uns ging ein Raunen durch die Menge, und die Eltern schlossen die zitternde Yvonne in ihre Arme.
Ich konzentrierte mich auf Dimitri. Was würde nun geschehen? Geschichten von Silberkugeln spukten durch meinen Kopf, und mir brach das Herz.
„Das war mehr als mutig", sagte der Graf, der mir folgte.
„Ich musste es tun", antwortete ich ruhig. „Was wird jetzt mit ihm geschehen?"
Graf von Drachenfels wies auf Jeremias, der schon mit einem Schlüsselbund in der Hand vor dem Hotel wartete.
„Er wird für den Rest der Nacht wieder eingesperrt." Ich atmete auf.
Dimitri ließ sich widerstandslos in den Keller schließen.
Es schien hier jede Menge versteckte Türen zu geben. Ich fuhr ihm noch einmal tröstend durchs Fell, bevor sich die schwere Eisentür hinter ihm und dem kleinen gemauerten Raum mit dem vergitterten Fenster schloss und der schwere Samtvorhang davor fiel.
„Ich hatte den Schlüssel stecken lassen, und jemand hat die Tür geöffnet. Das hätte aber böse ausgehen können." Kopfschüttelnd betrachtete Jeremias das Schlüsselbund in seiner Hand. „Das soll mir eine Lehre sein."
Mir fiel spontan Damien ein, der hier öfter herum zu spuken pflegte. Aber den hatte ich doch vorhin noch oben gesehen.
„Wo ist eigentlich Oliver?", wandte ich mich an den Grafen, „Ist er krank?"
Die Augen des Vampirs weiteten sich.
„Moment, das haben wir gleich."
„Oliver, wenn du hier unten bist, dann zeig dich!" Hinter einer leeren Kiste kam ein zitternder kleiner Junge mit feuerrotem Haar hervorgekrochen, das Gesicht tränenverschmiert.
„Papa", schluchzend klammerte er sich am Hosenbein seines Vaters fest. „Ich wollte nur schauen, was hinter der Tür ist. Es war so schrecklich, als das Monster an mir vorbeistürmte. Es heulte laut und raste nach oben."

Graf von Drachenfels war so wütend, wie ich ihn noch nie gesehen hatte.
„Oliver, du bist ein Vampir. Benimm dich endlich wie einer, und achte unsere Gesetze. Das hier hätte einigen von uns das Leben kosten können. Auch wir müssen gewisse Spielregeln beachten. Du wusstest doch, dass Dimitri ein Werwolf ist."
„Ich ahnte doch nicht, dass er dort drin ist", wimmerte Oliver.
Jeremias senkte schuldbewusst den Kopf: „Ich hätte den Schlüssel abziehen müssen."
In Gedanken ging ich den Weg Dimitris. Er war nach oben gelaufen, um in sein Zimmer zu kommen. Auf dem Flur musste er Yvonne begegnet sein, oder er hatte sich im Zimmer geirrt. Das Mädchen war dann in Panik aus dem Haus und in den Wald geflohen, Dimitri immer auf den Fersen. Was für eine Nacht!
Oben ging die Vollmondparty lautstark weiter. Yvonne hockte neben ihrer Schwester und berichtete bruchstückhaft, während sie ein Stück Schokotorte verspeiste. Erasmus fiedelte sich die Seele aus dem Leib, und die Vampire erhoben ihre Kelche mit blutroter Flüssigkeit und prosteten sich gegenseitig zu.
Es war eben das Luhg Holiday, immer gut für Überraschungen.

Nun waren wir schon fast vier Wochen im Luhg Holiday. Spanien lag in weiter Ferne, denn die Ferien neigten sich dem Ende zu. Ein kleines Wunder war geschehen: Gudrun hatte es geschafft, alle Ghulkinder an einen Tisch zu bekommen und ihnen das Lesen und Schreiben von links nach rechts beizubringen und offenbarte damit außergewöhnliche pädagogische Fähigkeiten.
Betty wohnte seit zwei Wochen bei Ruby und ging ihr im Schönheitssalon zur Hand. Sie hatte endlich etwas gefunden, was ihr wirklich Spaß machte. Ihren Eltern musste sie erst noch schonend beibringen, dass sie auf keinen Fall in die Familienfirma einsteigen würde. Kein leichtes Unterfangen, doch sie war zum ersten Mal in ihrem Leben fest zu etwas entschlossen.
Was mich anbelangte, so verband mich eine von Tag zu Tag fester werdende Beziehung mit Dimitri. Keiner von uns beiden

konnte sich eine Trennung vorstellen, und so entschloss ich mich, mich an der Kunsthochschule nahe der medizinischen Fakultät, an der er studierte, einschreiben zu lassen.
Wir genossen die letzten Tage in vollen Zügen und machten ausgedehnte Spaziergänge im Wald.
Für kommenden Samstag war ein Abschiedsfest geplant, zu dem auch unsere Eltern eingeladen waren. Durch Jan erfuhr ich, dass auch Tante Minna dabei sein sollte. Von unserer Gastfamilie wurde ein Theaterstück eingeübt, und man sah jetzt oftmals einen als Werwolf oder Vampir verkleideten kleinen Ghul kichernd durch die Halle huschen. Ich war gespannt wie ein Flitzebogen auf den Abend.
Yvonne und Dominique waren mit ihren Eltern längst wieder abgereist. Gäste kamen und gingen, darunter viele Künstler, für die das Luhg Holiday inzwischen ein zweites Zuhause geworden war.
Die Stimmung war immer ausgelassen und fidel. Lustige kleine Theaterstücke wurden von musikalischen Darbietungen abgelöst, in denen auch mein Werwolf seine einmalige Stimme erschallen ließ.
Hin und wieder kam Jan noch zum Musizieren, doch er hatte jetzt einen erstklassigen Vertrag in der Tasche, die Band kam ganz groß heraus. So blieb ihm eigentlich wenig Zeit für das Luhg Holiday, dennoch schien es etwas zu geben, das ihn hier herzog, vor allem an den Wochenenden. Ich glaubte auch zu wissen, was es war.
Der Graf war endlich abgereist, mit einem gewöhnungsbedürftig ruhigen Oliver im Schlepptau, der sich artig verabschiedete.
Als sie fort waren, atmeten alle auf, vor allem Tatjana.
Damien stibitzte nach wie vor süßes Gebäck aus der Küche, und langsam gewöhnten sich alle daran, dass er ein klein wenig anders war als seine Geschwister. Ich hatte ihn ganz besonders ins Herz geschlossen, wahrscheinlich weil er so eine fröhliche und ausgeglichene Natur hatte, wenn auch hin und wieder einer von uns seinem unvermeidlichen Schabernack zum Opfer fiel.

Der Samstag nahte und mit ihm der Abschied vom Luhg Holiday. Ruby und Betty waren schon am Freitagabend eingetroffen. Samstagnachmittag erschienen neben vielen anderen Gästen auch meine Eltern, Jan und Tante Minna, die inzwischen ganz gebeugt ging und schneeweißes Haar hatte.

„Angela, das ist aber schön, dich zu sehen", krächzte sie und betrachtete mich wohlwollend durch ihre Nickelbrille.

„Ich bin Sabrina, Tantchen", berichtigte ich, während ich sie umarmte. Vater sah zerstreut aus, als er mich begrüßte, und Mutter blickte sich argwöhnisch um.

„Er ist nicht hier. Wichtige Geschäfte irgendwo in Transsilvanien, deshalb hat er sich entschuldigen lassen", raunte ich ihr zu. Jan grinste von einem Ohr zum anderen, erspähte Ruby und verschwand in ihre Richtung.

In einer Ecke erspähte ich Betty, die mit ihren Eltern diskutierte. Es sah nach einer handfesten Auseinandersetzung aus, und sie tat mir irgendwie leid. Hoffentlich setzte sie sich durch. Gudruns Eltern saßen bereits am Tisch und sprachen den Speisen gut zu. Sie waren ebenso rundlich wie ihre Tochter. Ich musste lächeln und nahm Tante Minna am Arm.

„Wir sollten jetzt auch mal schauen, was es dort so an Köstlichkeiten gibt", sagte ich zu ihr.

„Wo wird gebaut? Ich sehe gar keine Baustelle", kam es verwundert zurück.

„Speis und Trank", flötete ich ihr ins Ohr, hinter das sie die Hand gelegt hatte.

„Nein, nein, ich bin nicht krank, mein Kind. Du musst nur ein wenig lauter sprechen, ich höre in letzter Zeit nicht mehr so gut."

Ich gab es auf und nahm sie einfach mit. Sie fand Platz zwischen mir und einem Ghul mit triefenden Tränensäcken, der gerade ein Stück Fleisch verzehrte. Er nickte ihr freundlich zu.

„Manche der Leute sehen irgendwie merkwürdig aus", flüsterte Tantchen mit einer viel zu lauten Stimme.

An meiner anderen Seite saß Dimitri. Er würde heute nicht singen, das Theaterstück gehörte ganz allen den Ghulen.
Inzwischen hatten auch meine Eltern Platz genommen, Papa nickte mir flüchtig zu. Erasmus stand hinter ihm und klopfte ihm wohlwollend auf die Schulter. Betty kauerte neben ihren Eltern, ihr Vater machte ein verdrossenes Gesicht.
„Sind Sie das erste Mal hier?", erkundigte sich der Ghul höflich bei Tante Minna.
„Nein danke, ich bleibe lieber bei meinem Tee. Bier bekommt mir nicht so gut", lautete die Antwort.
„Tantchen, du brauchst ein Hörgerät", sagte ich zu ihr.
„Ach Angela, so schlimm ist es doch nicht, es geht schon", antwortete sie und nahm sich ein Stück Schokokuchen.
„Tante Minna, ich..."
„Nanu", verwundert schaute sie auf ihren Teller. Das Kuchenstück war verschwunden. Ich sah gerade noch einen schwarzen Strubbelkopf und zwei schwarze Augen, bevor die Tischdecke sich senkte.
„Irgendwas stimmt mit mir nicht, ich werde wohl alt", seufzte sie.
Nach dem Essen begann die Vorstellung. Alle nahmen auf den bereitstehenden Stühlen vor der Bühne Platz, und dann wurde der rote Vorhang aufgezogen.
Ein paar Ghulkinder spielten mit einem Ball. Da erschien ein Menschenkind.
„Meine Eltern haben mir verboten, mit euch zu spielen, weil ihr immer so schmuddelig seid", sagte das Mädchen. Ich erkannte Tatjana mit ordentlich geflochtenen Zöpfen.
Die Ghulkinder zuckten die Schultern und sangen: „Spiel nicht mit den Schmuddelkindern, hat man ihr gesagt ..." Dann widmeten sie sich wieder ihrem Ball.
Das Mädchen ging davon, Richtung Wald. Dort begegnete ihr ein Vampir. Ich musste grinsen. Eugen hatte sich wirklich gut verkleidet. Deutlich konnte man spitze Eckzähne aus seinem Mund ragen sehen.

„Bist du ein Vampirkind?", fragte das Mädchen. „Mit dir spiele ich nicht. Du willst nur mein Blut aussaugen." Sie ging weiter.
„Warte!", rief Eugen, doch die Kleine lief davon. Sie kam an einen Brunnen.
„Wohnt da wohl ein Froschkönig drin?", fragte sie und beugte sich neugierig hinunter. Damien trat hinter einem Baum hervor.
„Sei vorsichtig. Der Brunnen ist tief!", rief er erschrocken. Das Mädchen lachte unbekümmert.
„Du bist doch nur ein Kobold, dir kann man nicht glauben. Kobolde treiben ihren Schabernack mit uns Menschen."
Sie beugte sich noch weiter hinunter und verlor das Gleichgewicht. Der Kobold tanzte dreimal rund um den Brunnen und sang: „Fort ist das Kind, in den Brunnen so tief. Es schwieg selbst der Wind, als der Froschkönig rief."
Dann rannte er davon.
Kurze Zeit später kam er mit den Ghulen und dem Vampirkind zurück. Gemeinsam ließen sie ein Seil in den Brunnen hinab und zogen das Mädchen mit vereinten Kräften wieder herauf. Das bedankte sich viele Male und wischte sich die Tränen aus den Augen.
Das Theaterstück endete, indem sich alle Mitspieler an den Händen fassten und einen Kreis bildeten. Sie begannen sich zu drehen wie beim Ringelreihen und sangen dazu ein Lied: „Wir sind doch alle Kinder dieser Welt, wo und als was wir geboren werden, hat keiner von uns bestellt …"
Unter ohrenbetäubendem Applaus schloss sich der Vorhang. Ghule, Menschen, Werwölfe und Vampire fielen einander vor der Bühne in die Arme, man sah überall rührselige Gesichter.
Ich nahm Dimitri an die Hand und zog ihn zum Ausgang. Jetzt brauchte ich dringend frische Luft. Mein Werwolf legte den Arm um meine Schulter, und ich schmiegte mich eng an ihn.
Vielleicht hatten wir ja wirklich eine reelle Chance auf ein Zusammenleben.

Ich sah versonnen Richtung Wald. Dort schlenderte ein Pärchen Hand in Hand, es sah aus, als ginge es direkt auf die Sonne zu, die sich langsam in rotgoldenem Licht senkte. Jan und Ruby ...
Ja, wir hatten eine Zukunft, plötzlich war ich mir ganz sicher, und wir würden das Beste daraus machen.

Ende

Autorin Christine Erdiç

wurde 1961 in Deutschland geboren. Sie interessierte sich von frühester Kindheit an für Literatur und Malerei. Nach dem Abitur war sie in unterschiedlichen Bereichen tätig und reiste viel. Seit 1986 ist sie verheiratet, hat zwei Töchter und lebt seit dem Millenium in der Türkei.

Unter anderem gab sie Sprachtraining an der Universität in Izmir, machte Übersetzungen und verfasste Berichte für die Türkische Allgemeine, eine ehemalige Zeitschrift in deutscher Sprache und gibt heute noch private Deutschstunden.

Im September 2010 veröffentlichte die Autorin ihr erstes Werk, **Nepomucks Abenteuer**, eine lustige Geschichte über einen Kobold, der unfreiwillig in der Welt der Menschen landet und dort allerlei erlebt. Zum Schluss wird der Leser in ein norwegisches Kobolddorf entführt. Ein Buch für Kinder und Erwachsene, die im Herzen jung geblieben sind.

Weitere Veröffentlichungen:
NEPOMUCKS ABENTEUER
ZAUBERHAFTE GERICHTE AUS DER KOBOLDKÜCHE
GESCHICHTEN AUS DEM REICH DER HEXEN, ELFEN UND KOBOLDE
WILLKOMMEN IM LUHG HOLIDAY
GLÜCKSSCHMIEDE, TIPPS FÜR MEHR GLÜCK UND ERFOLG
MYSTİCA VENEZİA
KLEINE MUTMACHGSCHICHTEN (in Zusammenarbeit mit 3 anderen Autorinnen)

Mehr Informationen über die Autorin, ihre Bücher und Projekte unter http://christineerdic.jimdo.com/

Nach einer Vorlage aus dem beliebten Kinderbuch, Nepomucks Abenteuer von Christine Erdiç entstand im **Strunzertaler Atelier** die Koboldfigur Nepomuck.

Der pfiffige Kobold Nepomuck ist vielen kleinen Lesern schon aus dem lustigen Kinderbuch Nepomucks Abenteuer bekannt.

Rianne Bartmann ist gebürtige Holländerin, modelliert schon seit 1988 Puppen und hat selber Modellierkurse angeboten. Inzwischen hat sie auch ihren Traum von einem eigenen Atelier verwirklicht, in dem sie ihre Trolle, Hexen, Kobolde und Zwerge mit viel Liebe modelliert. Jede Figur ist ein von Hand gefertigtes Unikat.

Übrigens: Besucher im Atelier sind jederzeit herzlich willkommen. Ein kurzer Anruf vorher genügt.

Weitere Informationen auf der Webseite ‚**Das Strunzertaler Atelier**'.

http://www.laurina-bartmann-lucius.de/

Autorin Heidi Dahlsen

Seit meiner Geburt im Jahre 1960 lebe ich in der Nähe von Leipzig. Ich bin verheiratet und habe zwei Kinder sowie eine Enkelin.
Meine Eltern betonen noch heute abfällig: „Du bist doch nur entstanden, weil wir Langeweile hatten."
Was aus so einem Kind schon werden kann, fragen Sie sich gerade? Das können Sie in meinem ersten Buch **„Lebt wohl, Familienmonster"** nachlesen und im Nachhinein sozusagen live an allen Höhen und Tiefen meines Lebens teilhaben. Auf der Suche nach einem harmonischen Familienleben stolperte ich von einer Katastrophe in die nächste und ich kann Ihnen versprechen, dass Ihnen beim Lesen sicher nicht langweilig wird.
Während einer Geburtstagsfeier erzählte ich aus meinem Leben. Ein Gast sagte: „Oh, Mann, das hört sich ja an wie aus einem Roman. Das solltest du alles aufschreiben." Und das tat ich und schon bald gab es kein Halten mehr. Im Nachhinein konnte ich feststellen, dass das Schreiben meine Seele befreit hat.
„Alles wird gut ... irgendwann" ist mein zweites Buch. Zu diesem Titel hat mir mein Sohn verholfen, denn immer, wenn ich fast am Verzweifeln war, tröstete er mich damit und ich konnte auch hier in die Handlung viele Erlebnisse aus meinem Leben einbauen.
Schon bald war ich so in Schreiblaune, dass die Fortsetzung **„Ein Hauch Zufriedenheit"** nicht lange auf sich warten ließ.
Im **„Gefühlslooping"** erhalten Sie einen Einblick in die Psychiatrie. Unter anderem habe ich aus meinem ständigen Gefühlschaos mit manisch depressiven Phasen geschöpft und auch den Leidensweg meiner Tochter, die am Boderline-Syndrom erkrankt ist, aufgeschrieben. Jahrelang wurden wir damit konfrontiert, dass der Großteil unserer Gesellschaft mit psychisch Kranken weder umgehen kann noch gewillt ist, Verständnis für diese Menschen aufzubringen. Ich wende mich mit diesem Buch an Betroffene von psychischen Krankheiten und möchte ihnen Lö-

sungswege aufzeigen. Allen anderen Interessierten soll es ein Ratgeber sein.

Nachdem ich 2010 die Diagnose Krebs erhielt, war ich verzweifelt und sagte mir immer wieder: „Halte durch, sei stark – kämpfe!"

Ein Jahr später kam ich langsam wieder zu Kräften und schrieb mir auch diese **Seelenqual** vom Herzen, auch weil sie mit einem **HappyEnd** für mich endete.

Danach erfüllte ich mir einen Traum. Ich liebe Weihnachten und die Geschichten, die dieses Fest so besonders machen. Also fragte ich mich: „Warum nicht dieses Thema aufgreifen und dem Leser eine Weihnachtsbotschaft vermitteln?" Dabei „half" mir eine kleine Elfe, deshalb auch der Titel **„ElfenZauberei"**. Dieses Buch ist ein Lesevergnügen für Kinder ab ca. 10 Jahre sowie für Leseratten bis ins hohe Alter.

Da die Geschichte unter die Haut geht, werden Sie sich in Zukunft sicher gut überlegen, was Sie sich wünschen, denn Sie erfahren, dass es ganz schön turbulent zugehen kann, wenn Wünsche wirklich in Erfüllung gehen.

Homepage: www.autorin-heidi-dahlsen.jimdo.com

Autorin Britta Kummer

Britta Kummer wurde 1970 in Hagen (NRW) geboren und lebt heute im schönen Ennepetal. Als gelernte Versicherungskauffrau entdeckte sie im Jahre 2007 das Schreiben und seit dieser Zeit bestimmt es ihr Leben.
Es macht ihr einfach großen Spaß, sich auf diese Art und Weise auszudrücken. Erst wurden ihre Werke im Bekanntenkreis herumgereicht und die Resonanz darauf war sehr positiv.
Es dauerte nicht lange und schon hielt sie ihr 1. Buch „Willkommen zu Hause, Amy" in ihren Händen.

Weitere Informationen finden Sie unter:
http://brittasbuecher.jimdo.com/